Deborah Levy

Heim schwimmen

Roman

Aus dem Englischen
von Richard Barth

Kampa

Die englische Originalausgabe erschien 2011 unter dem Titel
Swimming Home im Verlag And Other Stories, High Wycombe.
Die deutschsprachige Erstausgabe erschien 2013
im Verlag Klaus Wagenbach, Berlin.

Für den Blick hinter die Verlagskulissen:
www.kampaverlag.ch/newsletter

Der Kampa Verlag wird in der Schweiz vom Bundesamt für Kultur
mit einem Strukturbeitrag für die Jahre 2021–2024 unterstützt.

www.kampaverlag.ch
Covergestaltung: Lara Flues, Kampa Verlag
Covermotiv: © Bron Payne/Always Brainstorming
Satz: Herr K | Jan Kermes
Gesetzt aus der Stempel Garamond LT / 240130
Druck und Bindung: Friedrich Pustet, Regensburg
Auch als E-Book erhältlich
ISBN 978 3 311 10142 0

Für Sadie und Leila,
meine Lieben auf ewig

»Jeden Morgen erzählen in allen Familien Männer, Frauen und Kinder, WENN SIE NICHTS BESSERES ZU TUN HABEN, einander ihre Träume. Wir alle sind unseren Träumen ausgeliefert und wir sind es uns schuldig, ihrer Macht auch im Wachzustand Tribut zu zollen.«

La Révolution surréaliste, Nr. 1, Dezember 1924

Französische Seealpen

Juli 1994
Eine Gebirgsstraße. Mitternacht.

Als Kitty Finch das Lenkrad losließ und zu ihm sagte, dass sie ihn liebe, da wusste er nicht mehr, ob sie sich mit ihm unterhielt oder ihm drohte. Das Seidenkleid rutschte ihr von den Schultern, als sie sich über das Lenkrad beugte. Ein Kaninchen lief über die Straße, und das Auto scherte aus. »Warum packst du nicht deinen Rucksack und schaust dir die Mohnfelder in Pakistan an, wie du es dir immer gewünscht hast?«, hörte er sich sagen.

»Ja«, sagte sie.

Es roch nach Benzin. Ihre Hände flatterten über dem Lenkrad wie die Möwen, die sie vor zwei Stunden von ihrem Zimmer im Hotel Negresco aus gezählt hatten.

Sie bat ihn, sein Fenster zu öffnen, damit sie hören könne, wie die Insekten im Wald einander riefen. Er kurbelte das Fenster herunter und forderte sie sanft auf, sich auf die Straße zu konzentrieren.

»Ja«, sagte sie, den Blick wieder auf die Straße gerichtet. Und dann erzählte sie ihm, dass die Nächte an der Côte d'Azur immer so schön »weich« seien. Die Tage seien hart und röchen nach Geld.

Er streckte den Kopf aus dem Fenster und spürte, wie die kalte Bergluft auf seinen Lippen brannte. In diesem Wald, der jetzt eine Straße war, hatten einst urzeitliche Menschen gelebt. Sie wussten, dass die Vergangenheit in Felsen und Bäumen zu Hause war, und sie wussten, dass ihr Begehren sie unbeholfen, verrückt, rätselhaft und verkorkst werden ließ.

Mit Kitty Finch so intim zu sein war eine Lust, eine Qual, ein Schock und ein Experiment gewesen, vor allem jedoch ein Fehler. Er bat sie noch einmal, ihn bitte, bitte, wohlbehalten nach Hause zu seiner Frau und seiner Tochter zu bringen.

»Ja«, sagte sie. »Das Leben ist nur lebenswert, weil wir hoffen, dass es irgendwann besser wird und dass wir am Ende alle wohlbehalten heimkehren.«

Samstag

Wild lebend

Der Swimmingpool im Garten der Ferienvilla glich weniger einem dieser tristen blauen Pools, wie man sie aus Urlaubsprospekten kennt, als einem Teich. Einem Teich in Form eines Rechtecks, den eine italienische Steinmetzfamilie aus Antibes aus dem Stein gehauen hatte. Der Körper trieb am tiefen Ende, wo das Wasser im Schatten einer Reihe von Pinien kühl blieb.

»Ist es ein Bär?« Joe Jacobs deutete vage Richtung Wasser. Er spürte, wie sich die Sonne in das Hemd einbrannte, das sein indischer Schneider für ihn aus einem Ballen Rohseide angefertigt hatte. Sein Rücken brannte wie Feuer. In dieser Juli-Hitzewelle schmolzen selbst die Straßen.

Seine Tochter, Nina Jacobs, vierzehn Jahre alt, stand in ihrem neuen, mit Kirschen bedruckten Bikini am Poolrand und warf ihrer Mutter einen ängstlichen Blick zu. Isabel Jacobs öffnete gerade den Reißverschluss ihrer Jeans, als wolle sie ins Wasser springen. Gleichzeitig sah Nina, wie Mitchell und Laura, Freunde der Familie, mit denen sie einen Sommer lang diese Villa teilten, ihre Teetassen abstellten und zu den Steinstufen gingen, die am seichten Ende in den Pool führten. Laura, eine schlanke, eins neunzig große Riesin, schleuderte ihre Sandalen von sich und watete bis zu den Knien ins Wasser. Eine abgewetzte gelbe Luftmatratze stieß gegen den moosbewachsenen Beckenrand und trieb die Bienen auseinander, die dort in verschiedenen Stadien des Todeskampfs schwammen.

»Was glaubst du, was es ist, Isabel?«

Von dort, wo sie stand, sah Nina, dass es eine Frau war, die da nackt unter der Wasseroberfläche trieb. Sie schwamm auf dem Bauch, die Arme von sich gestreckt wie ein Seestern, und ihre langen Haare umspielten ihren Körper wie Seegras.

»Jozef glaubt, es sei ein Bär«, antwortete Isabel im distanzierten Ton einer Kriegskorrespondentin.

»Wenn es ein Bär ist, werde ich ihn erschießen müssen.« Mitchell hatte vor Kurzem auf dem Flohmarkt in Nizza zwei alte persische Pistolen gekauft und war ständig auf der Suche nach etwas, worauf er schießen konnte.

Gestern hatten sie alle über einen Zeitungsartikel diskutiert, in dem von einer vierundneunzig Kilogramm schweren Bärin berichtet wurde, die in Los Angeles aus den Bergen herabgestiegen war und ein Bad im Pool eines Hollywoodschauspielers genommen hatte. Dem Tierschutzverein von Los Angeles zufolge war die Bärin läufig. Der Schauspieler verständigte die Polizei. Die Bärin wurde mit einem Narkosegewehr betäubt und dann in den nahen Bergen ausgesetzt. Joe Jacobs hatte laut darüber nachgedacht, wie es sich anfühlen mochte, wenn man betäubt wurde und dann heimstolpern musste. Hatte das Tier jemals nach Hause gefunden?

Hatte es in seiner Benommenheit den Weg vergessen und zu halluzinieren angefangen? War die Bärin aufgrund des »chemischen Käfigs«, der im Betäubungspfeil enthaltenen Barbiturate, vielleicht ganz wacklig auf den Beinen gewesen? Hatte das Betäubungsmittel der Bärin am Ende geholfen, mit dem Stress des Lebens zurechtzukommen und ihre Aufgewühltheit zu bezähmen, sodass sie nun die Behörden bekniete, ihr kleine Beutetiere hinzuwerfen, in die man Barbiturate gespritzt hatte? Joe hatte seine Tirade erst beendet, als Mitchell ihm auf die Zehen trat. Aus Mitchells Sicht war es sehr, sehr schwer, den Dichterarsch, den seine Leser als JHJ kannten (und den mit Ausnahme seiner Frau alle anderen Joe nannten), dazu zu bewegen, sein blödes Maul zu halten.

Nina schaute zu, wie ihre Mutter einen Kopfsprung in das trübgrüne Wasser machte und zu der Frau hinschwamm. Wahrscheinlich rettete ihre Mutter ständig irgendwelche Leute, die mit aufgedunsenem Körper in einem Fluss trieben. Wenn sie in einer Nachrichtensendung auftrat, gingen angeblich die Einschaltquoten nach oben. Ihre Mutter verschwand nach Nordirland, in den Libanon oder nach Kuwait, und dann kam sie zurück, als wäre sie nur mal eben Milch holen gewesen. Wer auch immer die Frau im Pool war – gleich würde Isabel Jacobs sie am Knöchel packen. Plötzlich spritzte das Wasser so heftig, dass Nina zu ihrem Vater rannte, der seine Hand auf ihre sonnenverbrannte Schulter legte, woraufhin sie laut aufschrie. Als aus dem Wasser mit weit aufgerissenem, nach Luft ringendem Mund ein Kopf auftauchte, glaubte sie eine Schrecksekunde lang, das Brüllen einer Bärin zu hören.

Eine Frau mit tropfenden, hüftlangen Haaren stieg aus dem Pool und rannte zu einem der Plastikliegestühle. Sie sah aus wie Anfang zwanzig, aber das war schwer zu sagen, weil sie auf der Suche nach ihrem Kleid hektisch von einem Stuhl zum anderen hüpfte. Das Kleid war aufs Pflaster gefallen, aber keiner kam ihr zu Hilfe, weil alle ihren nackten Körper anstarrten. Nina war von der glühenden Hitze ganz benommen. Der bittersüße Geruch von Lavendel stieg ihr in die Nase, schnürte ihr die Luft ab, und der keuchende Atem der Frau vermischte sich mit dem Summen der Bienen in den welkenden Blumen. Sie fragte sich, ob sie einen Sonnenstich hatte, denn ihr war, als würde sie gleich in Ohnmacht fallen. Verschwommen sah sie, dass die Frau für jemanden, der so dünn war, überraschend volle und runde Brüste hatte. Ihre langen Oberschenkel waren mit den Gelenken ihrer hervorstehenden Hüften verbunden wie die Beine der Puppen, die sie als Kind hin und her gedreht hatte. Das Einzige, was an dieser Frau echt wirkte, war das Dreieck blonder Schamhaare, das in der Sonne glitzerte. Nina verschränkte bei ihrem Anblick die Arme vor der Brust und machte einen Buckel. Am liebsten hätte sie ihren eigenen Körper unsichtbar gemacht.

»Ihr Kleid liegt da drüben.« Joe Jacobs deutete auf das Knäuel aus zerknittertem blauem Baumwollstoff unter dem Liegestuhl. Sie hatten sie alle peinlich lange angestarrt. Die Frau nahm das dünne Kleidchen und streifte es resolut über den Kopf.

»Danke. Ich bin übrigens Kitty Finch.«

Genau genommen sagte sie: Ich bin Kah Kah Kah, und stotterte eine Ewigkeit so weiter, bis sie schließlich bei

Kitty Finch anlangte. Sie konnten es alle gar nicht erwarten, dass sie endlich sagte, wer sie war.

Nina bemerkte, dass ihre Mutter noch im Wasser war. Als sie über die Steintreppe herausstieg, war ihr nasser Badeanzug mit silbernen Piniennadeln übersät.

»Ich bin Isabel. Mein Mann dachte, Sie wären eine Bärin.«

Joe Jacobs presste die Lippen aufeinander, um nicht aufzulachen.

»Natürlich dachte ich nicht, dass sie eine Bärin ist.«

Die Augen von Kitty Finch waren so grau wie die getönten Scheiben von Mitchells Mietwagen, einem Mercedes, der vor der Villa auf dem Kies geparkt war.

»Ich hoffe, es macht Ihnen nichts aus, dass ich in den Pool gesprungen bin. Ich bin gerade angekommen, und es ist sooo heiß. Es gab ein Missverständnis bei den Mietzeiten.«

»Was für ein Missverständnis?« Laura starrte die junge Frau feindselig an, als hätte sie gerade einen Strafzettel von ihr bekommen.

»Na ja, ich dachte, ich wohne hier von diesem Samstag an zwei Wochen. Aber der Hausmeister …«

»Sofern man einen arbeitsscheuen, bekifften Mistkerl wie Jürgen einen Hausmeister nennen kann.« Die bloße Erwähnung von Jürgens Namen ließ Mitchell angewidert in Schweiß ausbrechen.

»Mmh. Jürgen sagt, ich hätte die Daten durcheinandergebracht, und jetzt krieg ich die Anzahlung nicht zurück.«

Jürgen war ein deutscher Hippie, der es nie mit irgendetwas genau nahm. Er bezeichnete sich als »Naturmenschen« und war immerzu in Hermann Hesses *Siddhartha* vertieft.

Mitchell drohte ihr mit dem Finger. »Es gibt Schlimmeres, als seine Anzahlung nicht zurückzubekommen. Wir hätten Sie beinahe betäuben und in die Berge hinaufkarren lassen.«

Kitty Finch hob ihr linkes Bein an und zog langsam einen Dorn aus der Fußsohle. Ihre grauen Augen suchten nach Nina, die sich noch immer hinter ihrem Vater versteckt hielt. Dann lächelte sie.

»Ich mag deinen Bikini.« Sie hatte schiefe, gegeneinander verschobene Vorderzähne, und ihr trocknendes Haar wellte sich zu kupferfarbenen Locken. »Wie heißt du?«

»Nina.«

»Findest du, ich sehe aus wie eine Bärin, Nina?« Sie krümmte ihre rechte Hand, als wäre es eine Tatze, und schlug damit nach dem wolkenlosen, blauen Himmel. Ihre Fingernägel waren dunkelgrün lackiert.

Nina schüttelte den Kopf, verschluckte sich an ihrem eigenen Speichel und fing an zu husten. Alle setzten sich. Mitchell auf den hässlichen blauen Stuhl, weil es der breiteste und er der Dickste war, Laura auf den rosa Korbstuhl, Isabel und Joe auf die beiden weißen Plastikliegen. Nina hockte sich bei ihrem Vater auf die Stuhlkante und spielte an den fünf silbernen Zehenringen herum, die ihr Jürgen am Morgen geschenkt hatte. Alle saßen im Schatten, nur nicht Kitty Finch, die sich verlegen auf den glühend heißen Pflastersteinen niederkauerte.

»Sie haben keinen Stuhl. Ich hol Ihnen einen.« Isabel wrang die Spitzen ihrer nassen schwarzen Haare aus.

Wassertropfen glitzerten auf ihrer Schulter und rannen dann wie eine Schlange ihren Arm hinab.

Kitty schüttelte den Kopf und errötete. »Oh, keine Umstände, bah bah bitte. Ich warte nur, bis Jürgen zurückkommt und mir den Namen meines Hotels sagt, dann bin ich weg.«

»Aber natürlich müssen Sie sich setzen.«

Laura sah verdutzt und mit einem unguten Gefühl zu, wie Isabel einen schweren Holzstuhl voller Staub und Spinnweben zum Pool zerrte. Es war einiges im Weg: ein roter Eimer, ein kaputter Blumentopf, zwei in Betonklötzen steckende Sonnenschirme. Keiner half ihr, weil sie nicht so recht wussten, was sie vorhatte. Isabel, die es irgendwie geschafft hatte, ihre nassen Haare mit einem Haarclip in Form einer Lilie hochzustecken, stellte den Holzstuhl allen Ernstes zwischen ihren Liegestuhl und den ihres Mannes.

Kitty Finch blickte nervös von Isabel zu Joe, so als sei ihr nicht ganz klar, ob ihr dieser Stuhl nun angeboten oder aufgenötigt wurde. Sie wischte viel zu lange mit dem Saum ihres Kleides die Spinnweben ab und setzte sich dann endlich hin. Laura faltete die Hände im Schoß, als bereite sie sich auf ein Vorstellungsgespräch mit einer Bewerberin vor.

»Waren Sie schon mal hier?«

»Ja, ich komme seit Jahren hierher.«

»Arbeiten Sie?« Mitchell spuckte einen Olivenstein in eine Schüssel.

»Gewissermaßen. Ich bin Botanikerin.«

Joe strich sich über die kleine Stelle am Kinn, wo er sich beim Rasieren geschnitten hatte, und lächelte sie an.

»In Ihrem Beruf gibt es ein paar schöne, eigentümliche Wörter.«

Seine Stimme war überraschend sanft, als ahne er, dass Kitty Finch es als beleidigend empfand, wie Laura und Mitchell sie verhörten.

»Ja. Joe mag Wörter, die ai-gön-thüm-lich sind. Er ist nämlich ein Dichter.« Mitchell sprach »eigentümlich« aus, als ahme er einen dümmlichen Aristokraten nach.

Joe lehnte sich in seinem Stuhl zurück und schloss die Augen. »Ignorieren Sie ihn einfach, Kitty.« Er klang auf eine unerklärliche Weise verletzt. »Für Mitchell ist alles ai-gön-thüm-lich. Seltsamerweise gibt ihm das ein Gefühl der Überlegenheit.«

Mitchell stopfte sich fünf Oliven in den Mund und spuckte die Steine Richtung Joe, als wären es Kugeln aus einer seiner kleineren Pistolen.

»Vielleicht« – Joe beugte sich jetzt vor – »könnten Sie uns inzwischen erzählen, was Sie über Kotyledonen wissen?«

»Klar.« Kitty zwinkerte Nina zu. »Kotyledonen sind die ersten Blätter einer Jungpflanze.« Ihr Stottern war wie weggeblasen.

»Richtig. Jetzt zu meinem Lieblingswort ... Wie würden Sie ein Blatt beschreiben?«

»Kitty«, sagte Laura eindringlich, »es gibt massenweise Hotels hier. Es wäre besser, Sie suchten sich eins.«

Als Jürgen endlich durchs Tor kam, die silbernen Rastalocken zu einem Pferdeschwanz zusammengebunden, berichtete er ihnen, bis Donnerstag seien sämtliche Hotels im Dorf ausgebucht.

»Dann müssen Sie bis Donnerstag hierbleiben.« Isabel

sagte das zögernd, als glaube sie es selbst nicht so ganz. »Soweit ich weiß, gibt es hinten im Haus noch ein freies Zimmer.«

Kitty runzelte die Stirn und lehnte sich in ihrem neuen Stuhl zurück.

»Also … Ja. Danke. Geht das für alle in Ordnung? Bitte sagen Sie, wenn es Ihnen etwas ausmacht.«

Nina hatte den Eindruck, als bitte sie geradezu darum, dass es ihnen etwas ausmache. Kitty Finch lief rot an und verkrampfte gleichzeitig die Zehen. Ninas Herz raste. Es war ganz hysterisch, so heftig klopfte es in ihrer Brust. Sie blickte zu Laura und sah, dass sie die Hände rang. Laura war kurz davor zu sagen, dass es ihr durchaus etwas ausmache. Sie und Mitchell hatten ihren Laden in Euston für den ganzen Sommer dichtgemacht, wohl wissend, dass die Fenster, die in diesem Jahr bereits mindestens dreimal von Dieben und Drogenabhängigen eingeschlagen worden waren, bei ihrer Rückkehr aus dem Urlaub erneut eingeschlagen sein würden. Sie waren an die Côte d'Azur gekommen, um der Sinnlosigkeit zu entfliehen, ständig zerbrochenes Glas austauschen zu müssen. Sie merkte, wie sie sich um Worte mühte. Diese junge Frau war ein Fenster, das nur darauf wartete, dass jemand einstieg. Ein Fenster, das allem Anschein nach ohnehin einen Sprung hatte. Sie war sich nicht sicher, aber sie hatte den Eindruck, dass Joe Jacobs bereits einen Fuß in den Spalt geschoben und dass seine Frau ihm dabei geholfen hatte. Sie räusperte sich, um ihre Meinung zu sagen, aber ihre Meinung war so unaussprechlich, dass der Hausmeisterhippie ihr zuvorkam.

»Soll ich deine Reisetaschen in dein Zimmer bringen, Kitty Ket?«

Alle schauten in die Richtung, in die Jürgens nikotingelber Finger zeigte. Rechts neben der Terrassentür standen zwei blaue Stofftaschen.

»Danke, Jürgen«, entließ ihn Kitty, als sei er ihr Kammerdiener.

Er bückte sich und nahm ihre Taschen.

»Was ist das für ein Kraut?« Er hob ein Büschel Blütenpflanzen hoch, die in die zweite blaue Tasche gestopft waren.

»Ach, die hab ich auf dem Friedhof neben Claudes Café gefunden.«

Jürgen schien beeindruckt.

»Du musst sie die Kitty-Ket-Pflanze nennen. Das ist eine historische Geschichte. Pflanzensammler haben die Pflanzen, die sie entdeckt haben, oft nach sich benannt.«

»Ja.« Sie schaute an ihm vorbei in die dunklen Augen von Joe Jacobs, als wollte sie sagen: »Kitty Ket ist Jürgens Spitzname für mich.«

Isabel ging zum Poolrand und sprang kopfüber ins Wasser. Während sie knapp unter der Wasseroberfläche dahinglitt, die Arme nach vorne gestreckt, sah sie auf dem Grund des Pools ihre Armbanduhr liegen. Sie tauchte zu den grünen Fliesen hinab und holte sie herauf. Als sie wieder an die Oberfläche kam, sah sie, dass die alte englische Frau von nebenan ihr vom Balkon aus zuwinkte. Sie winkte zurück und stellte dann fest, dass Madeleine Sheridan Mitchell zuwinkte, der ihren Namen rief.

Ein Lächeln auslegen

»Mad-liiin!«

Es war der dicke Waffennarr, der sie rief. Madeleine Sheridan hob, auf ihrem Strohstuhl sitzend, ihren arthrosegeschwächten Arm und winkte mit zwei schlaffen Fingern zurück. Ihr Körper war nur noch eine Ansammlung fehlerhafter Teile. Im Medizinstudium hatte sie gelernt, dass sie in jeder Hand siebenundzwanzig Knochen hatte, acht allein im Handgelenk, fünf im Handteller. In ihren Fingern gab es zahlreiche Nervenenden, aber jetzt bereitete es ihr schon Mühe, auch nur zwei Finger zu bewegen.

Sie hätte Jürgen, der gerade Kitty Finchs Taschen ins Haus trug, gerne daran erinnert, dass sie in sechs Tagen Geburtstag hatte, wollte vor den englischen Touristen aber nicht den Anschein erwecken, sie sei auf seine Gesellschaft angewiesen. Vielleicht war sie bereits tot und hatte das Schauspiel der Ankunft der jungen Frau vom Jenseits aus verfolgt? Vor vier Monaten, als Kitty Finch allein in der Ferienvilla gewohnt hatte (angeblich, um Bergpflanzen zu studieren), hatte sie Madeleine Sheridan mitgeteilt, eine kleine Brise würde ihren Tomaten zu kräftigeren Stämmen verhelfen, und sich angeboten, die Blätter ein wenig auszudünnen. Sie ging umgehend zu Werke, führte jedoch die ganze Zeit Selbstgespräche im Flüsterton, pah pah pah, kah kah kah, die Konsonanten harte Laute auf ihren Lippen. Madeleine Sheridan, die überzeugt war, dass Menschen große Unbill erleiden mussten, ehe sie sich um den Verstand bringen ließen, forderte sie mit stählerner Stimme auf, sie solle aufhören, diese Geräusche zu machen. Aufhören. Sofort aufhören. Heute war Samstag, und die Geräusche waren zurück nach Frankreich gekommen, um sie zu quälen. Man hatte ihnen sogar ein Zimmer in der Villa angeboten.

»Mad-liiin, ich koche heute Abend Rind. Kommen Sie doch zum Essen!«

Wenn sie die Augen zusammenkniff, konnte sie gegen die Sonne gerade eben die rosafarbene Rundung von Mitchells nur noch spärlich behaartem Kopf erkennen. Madeleine Sheridan, die eine ziemliche Schwäche für Rind hatte und sich abends oft einsam fühlte, überlegte, ob sie sich dazu aufraffen könnte, Mitchells Einladung abzulehnen. Sie dachte, schon. Wenn Paare Einsamen und Einzelgängern Obdach oder eine Mahlzeit anbieten, dann nehmen sie sie nicht wirklich bei sich auf. Sie spielen nur mit ihnen. Spielen ihnen etwas vor. Und wenn sie fertig sind, geben sie ihrem gestrandeten Gast auf allerhand listige Weisen zu verstehen, dass es an der Zeit sei, von dannen zu ziehen. Paare hatten es immerzu eilig, sich wieder der Aufgabe zu widmen, ihren lebenslangen Partner zugrunde zu richten und dabei nach außen hin vorzugeben, sie wollten nur das Beste für ihn. Ein alleinstehender Gast war nichts anderes als eine kurze Ablenkung von dieser Aufgabe.

»Mad-liiin.«

Mitchell wirkte bemühter als sonst. Gestern erzählte er ihr, er habe Keith Richards gesehen, wie er in Villefranche-sur-Mer Pepsi getrunken habe, und ihn unbedingt um ein Autogramm bitten wollen. Am Ende habe er es jedoch sein lassen, denn, so Mitchell: »Der Dichterarsch war dabei und hat gedroht, mir einen Kopfstoß zu verpassen, weil ich so normal sei.«

Sie fand es amüsant, wenn Mitchell mit seinen schlaffen, schweinchenrosa Armen finster bemerkte, Joe Jacobs gehöre nicht zu der Sorte Dichter, die den Mond anstarre und keine Muskeln habe. Er könne wahrscheinlich mit den Zähnen einen ganzen Schrank hochheben. Vor allem, wenn eine schöne Frau drin sei. Als die englischen Touristen vor zwei Wochen ankamen, hatte Joe Jacobs (JHJ auf seinen Büchern, aber sie hatte noch nie von ihm gehört) bei ihr geklopft, um etwas Salz zu borgen. Am heißesten Tag des Jahres trug er einen Winteranzug, und als sie eine Bemerkung darüber fallen ließ, erklärte er, heute sei der Geburtstag seiner Schwester, da trage er ihr zu Ehren immer einen Anzug.

Das verwirrte sie, denn in Gedanken war sie ganz bei ihrem eigenen Geburtstag. Sein Anzug wäre eher einer Beerdigung angemessen gewesen, aber er war so charmant und aufmerksam, dass sie ihn fragte, ob er nicht die andalusische Mandelsuppe kosten wolle, die sie gerade gemacht habe. Als er »Wie zuvorkommend, meine Liebe« murmelte, servierte sie ihm eine großzügige Portion in einer ihrer Lieblingssuppentassen aus Keramik und lud ihn ein, sie auf ihrem Balkon zu schlürfen. Dann geschah etwas Schreckliches. Er nahm einen Schluck, spürte, wie sich etwas in seinen Zähnen verhedderte – und stellte fest, dass es ihr Haar war. Irgendwie war eine kleine, silberne Haarsträhne in der Suppentasse gelandet. Es war ihm in einem ihr unbegreiflichen Maße peinlich, obwohl sie sich doch entschuldigte und sagte, sie könne sich nicht erklären, wie sie da hineingelangt sei. Seine Hände zitterten, und er schob die Tasse so energisch von sich weg, dass die Suppe überall auf seinem lächerlichen Nadelstreifenanzug landete, dessen Sakko ein Futter aus geckenhafter, pinkfarbener Seide hatte. Von einem Dichter hätte ich mehr erwartet, dachte sie. Er hätte zum Beispiel sagen können: »Ihre Suppe zu essen war, wie eine Wolke zu trinken.«

»Mad-liiin.«

Mitchell konnte nicht einmal ihren Namen ordentlich aussprechen. Vielleicht, weil er selber so einen lächerlichen Namen hatte. Die Aussicht, mit Kitty Finch unter einem Dach wohnen zu müssen, hatte offenbar Panik bei ihm ausgelöst, und das wunderte sie nicht. Sie kniff die Augen zusammen und genoss den Anblick ihrer hässlichen nackten Füße. Es war so herrlich, keine Socken und keine Schuhe tragen zu müssen. Wofür sie, die ihrem Vaterland und ihrer Muttersprache Entrissene, selbst nach fünfzehn Jahren in Frankreich noch immer am meisten Dankbarkeit empfand, war das Vergnügen, barfuß zu laufen. Auf eine Scheibe von Mitchells saftigem Rind konnte sie verzichten. Außerdem wäre es wahnsinnig mutig, das Risiko eines Abends in der Gesellschaft von Kitty Finch einzugehen, die so tat, als habe sie sie nicht gesehen. Im Augenblick fischte sie zusammen mit Nina Jacobs Pinienzapfen aus dem Swimmingpool, als wenn es um ihr Leben ginge. Auf keinen Fall würde Madeleine Sheridan sechs Tage vor ihrem achtzigsten Geburtstag am Esszimmertisch in der Ferienvilla die würdevolle alte Dame geben. An jenem Tisch, den Jürgen auf dem Flohmarkt erstanden und mit Bienenwachs und Paraffin poliert hatte. Und das, wegen der Hitzewelle, in Unterhosen. Sie hatte den Blick abwenden müssen, wie er da in seinen »Unterkleidern«, wie sie es nannte, arbeitete und schwitzte.

Am Himmel kreiste ein Adler. Er hatte die Mäuse entdeckt, die durch das ungemähte Gras des Obstgartens huschten.

Sie rief Mitchell zu, er möge sie entschuldigen, aber er schien sie nicht gehört zu haben. Er schaute zu, wie Joe Jacobs in der Villa verschwand, um sich einen Hut zu holen. Offenbar wollte Kitty Finch einen Spaziergang mit dem englischen Dichter machen und ihm ein paar Blumen zeigen. Madeleine Sheridan war sich nicht sicher, aber ihr war, als lächle das verrückte Mädchen mit seinem Heiligenschein aus roten, in der Sonne glänzenden Haaren sie an.

In der Sprache einer Kriegsberichterstatterin, die Isabel Jacobs, wie sie wusste, ja war, hätte sie sagen müssen, dass Kitty Finch sie in feindlicher Absicht anlächelte.

Die Botaniklektion

Überall standen Schilder, wonach der Obstgarten Privatgrund war, aber Kitty Finch beteuerte, sie kenne den Bauern, niemand werde Hunde auf sie hetzen. Seit zwanzig Minuten zeigte sie ihm nun schon Bäume, denen es ihrer Ansicht nach »nicht so gut ging«.

»Haben Sie nur Augen für leidende Bäume?« Joe Jacobs schirmte seine Augen mit von Mückenstichen übersäten Händen ab und blickte unverwandt in ihre strahlend grauen Augen.

»Ja, vermutlich.«

Er war sich sicher, im Gras ein Tier knurren zu hören, und sagte ihr, es klinge wie ein Hund.

»Machen Sie sich keine Sorgen wegen der Hunde. Der Bauer besitzt in der Gegend von Grasse zweitausend Olivenbäume. Er ist viel zu beschäftigt, als dass er die Hunde auf uns hetzen könnte.«

»Nun, so viele Olivenbäume halten ihn vermutlich ordentlich auf Trab«, murmelte Joe.

Seine schwarzen Haare, die zusehends zu silbernen Locken verblassten, kräuselten sich unordentlich um seine Ohren, und der verbeulte Strohhut rutschte ihm ständig vom Kopf. Kitty musste immer wieder ein paar Schritte zurücklaufen und ihn aufheben.

»Ach nein, zweitausend … das sind nicht viele Bäume … ganz und gar nicht.«

Sie bückte sich, um die Feldblumen anzuschauen, die zwischen den weißen, kniehohen Gräsern wuchsen.

»Das hier ist *Bellis perennis*.« Sie rupfte etwas, das wie Blütenblätter von Gänseblümchen aussah, und stopfte es sich in den Mund. »Jede Pflanze gehört zu irgendeiner Familie.«

Sie vergrub ihr Gesicht in den Blumen, um die sich ihre Hände schlossen, und sagte ihm ihre lateinischen Namen. Er war beeindruckt, wie zärtlich sie die Pflanzen zwischen den Fingern hielt und mit welcher Vertrautheit sie über sie sprach, als wären sie tatsächlich eine Familie mit allerhand Problemen und ungewöhnlichen Eigenschaften. Und dann erzählte sie ihm, ihr größter Wunsch sei, einmal im Leben die Mohnfelder in Pakistan zu sehen.

»Wissen Sie«, gestand sie nervös, »ich habe ein Gedicht darüber geschrieben.«

Joe blieb stehen. Deshalb war sie also hier.

Junge Frauen, die ihm nachstellten und wollten, dass er ihre Gedichte las – und er war sich jetzt sicher, dass sie zu dieser Sorte gehörte –, fingen immer so an: Sie hätten da ein Gedicht über ein ganz außergewöhnliches Thema geschrieben. Sie gingen nebeneinanderher und trampelten einen Pfad ins hohe Gras. Er wartete, dass sie den Mund aufmachte, ihr Anliegen vorbrachte, dass sie sagte, wie sehr seine Bücher sie beeinflusst hätten, erklärte, wie sie ihn ausfindig gemacht habe, und schließlich fragte, ob er nicht eventuell, sofern seine Zeit es erlaube, bitte, bitte so freundlich sein könnte, ihren bescheidenen, von ihm inspirierten Versuch zu lesen?

»Sie haben also alle meine Bücher gelesen, und jetzt

sind Sie mir bis nach Frankreich hinterhergefahren«, sagte er schroff.

Ihre Wangen und ihr langer Hals wurden von einer neuen Welle des Errötens erfasst.

»Ja. Rita Dwighter, die Besitzerin der Villa, ist eine Freundin meiner Mutter. Rita sagte mir, sie hätten das Haus für den ganzen Sommer gebucht. Sie lässt mich in der Nebensaison umsonst hier wohnen. Diesmal konnte ich nicht kommen, weil SIE es in Beh Beh Beh Beschlag genommen haben.«

»Jetzt ist aber nicht Nebensaison, Kitty. Den Juli rechnet man gemeinhin zur Hochsaison, oder?«

Dem Akzent nach kam sie aus dem Londoner Norden. Sie hatte schiefe Vorderzähne. Wenn sie nicht gerade stotterte und errötete, sah sie aus wie in einer dunklen Werkstatt in Venedig aus Wachs geformt. Sie mochte eine Botanikerin sein, aber sie verbrachte offenbar nicht viel Zeit an der frischen Luft. Wer auch immer ihr Schöpfer sein mochte, war sehr geschickt. Sie konnte schwimmen und weinen und erröten und Sachen wie »in Beschlag genommen« sagen.

»Setzen wir uns in den Schatten.«

Er deutete auf einen großen Baum mit Felsbrocken drum herum. Eine fette, braune Taube ließ sich drolligerweise auf einem dünnen Ast nieder, der aussah, als würde er unter ihrem Gewicht jeden Augenblick nachgeben.

»Ja, gut. Das ist übrigens ein Haaah-aselnussbaum.«

Er eilte voraus, ehe sie den Satz zu Ende gesagt hatte, setzte sich und lehnte den Kopf an den Stamm. Da sie zu zögern schien, klopfte er auf den Platz neben sich und wischte Zweige und Blätter zur Seite, bis sie sich neben ihn setzte und ihr ausgewaschenes blaues Baumwollkleid über den Knien glatt strich. Er konnte ihr Herz nicht so sehr hören, als vielmehr unter ihrem dünnen Kleid förmlich schlagen spüren.

»Wenn ich Gedichte schreibe, denke ich immer, dass man sie hören kann.«

In der Ferne klingelte eine Glocke. Es klang wie eine Ziege, die irgendwo im hohen Gras des Obstgartens umherstreifte und graste.

»Warum zittern Sie?« Ihre Haare rochen nach Chlor.

»Na ja, meine Hände sind ein wenig zittrig, weil ich meine Tabletten abgesetzt habe.«

Kitty rückte ein Stück näher. Er wusste nicht recht, wie er das deuten sollte, bis er sah, dass sie einer Karawane roter Ameisen aus dem Weg gehen wollte, die unter ihren Waden hindurchkrabbelten.

»Warum nehmen Sie Tabletten?«

»Oh, ich habe beschlossen, sie eine Zeit lang nicht zu nehmen. Wissen Sie … es ist ganz schön, sich zur Abwechslung mal wieder elend zu fühlen. Wenn ich die Tabletten nehme, fühle ich gar nichts.«

Sie schlug nach den Ameisen, die über ihre Knöchel krabbelten.

»Ich habe auch darüber geschrieben … Es heißt ›Rosen pflücken auf Seroxat‹.«

Joe tastete nach einem Stück grüner Seide in seiner Hosentasche und putzte sich die Nase. »Was ist das, Seroxat?«

»Sie wissen, was das ist.«

Er hatte die Nase in sein seidenes Taschentuch vergraben.

»Erzählen Sie's mir trotzdem«, schniefte er.

»Seroxat ist ein sehr starkes Antidepressivum. Ich nehme es seit vielen Jahren.«

Kitty starrte in den Himmel, der gegen die Berge anbrandete. Er ertappte sich, wie er nach ihrer kalten, zitternden Hand griff und sie fest in seinem Schoß hielt. Sie hatte alles Recht, über seine Frage empört zu sein. Ihre Hand zu halten war das stumme Eingeständnis, dass er um ihre Vertrautheit mit seinen Gedichten wusste, denn er hatte seinen Lesern alles über seine Jugendjahre unter Medikamenteneinfluss erzählt. Mit fünfzehn hatte er die Pulsadern seiner linken Hand ganz leicht mit einer Rasierklinge gestreift. Nichts Ernstes. Nur ein Experiment. Die Klinge war hart und kühl. Sein Handgelenk war weich und warm. Man sollte die beiden nicht gegeneinander antreten lassen, aber als Teenager sah er bei diesem Spiel keinen Haken. Etwas hatte bei ihm ausgesetzt. Der Arzt, ein alter ungarischer Mann mit Haaren in den Ohren, war nicht der Ansicht, dass dieses Aufeinandertreffen ein alltägliches Versehen war. Er hatte Fragen gestellt. Der ungarische Doktor wollte biografische Fakten hören.

Namen und Orte und Daten. Die Namen seiner Mutter, seines Vaters und seiner Schwester. Welche Sprachen sie gesprochen hätten und wie alt er gewesen sei, als er sie zuletzt gesehen habe? Als Antwort war Joe Jacobs im Sprechzimmer in Ohnmacht gefallen, und so waren seine Jugendjahre in einem einzigen pharmazeutischen Nebel verschwunden. Oder, wie er es in seinem berühmtesten Gedicht beschrieben hatte, das mittlerweile in dreiundzwanzig Sprachen übersetzt war: »Eine böse Fee bot mir einen Handel an: ›Gib mir deine Geschichte, dann gebe ich dir etwas, was sie dir abnimmt.‹«

Als er sich zu ihr wandte, um ihr Gesicht zu sehen, aus dem die Röte jetzt gewichen war, waren ihre Wangen nass.

»Warum weinen Sie?«

»Schon gut.« Ihr Ton war nüchtern.

»Ich bin froh, dass ich Geld spare und es nicht für ein Hotelzimmer ausgeben muss, aber ich habe nicht erwartet, dass Ihre Frau mir das freie Zimmer anbieten würde.«

Drei schwarze Fliegen landeten auf seiner Stirn, aber er ließ ihre Hand nicht los, um sie zu verscheuchen. Er gab ihr das Stück Seide, das er als Taschentuch benutzte.

»Wischen Sie sich die Nase ab.«

»Ich will Ihr Taschentuch nicht.« Sie warf ihm das Stück Seide zurück in den Schoß. »Und ich hasse es, wenn jemand zu mir sagt, ich soll mich abwischen. Als wäre ich ein dreckiger Fußboden.«

Er war sich nicht ganz sicher, aber er glaubte, dass auch das eine Zeile aus einem seiner Gedichte war. Nicht ganz so, wie er es geschrieben hatte, aber ziemlich ähnlich. Ihm fiel auf, dass sie am linken Knöchel einen langen Kratzer hatte, und sie sagte, das sei die Stelle, wo seine Frau sie im Pool am Fuß gepackt habe.

Die Ziege kam näher. Jedes Mal, wenn sie sich bewegte, klingelte die Glocke. Wenn sie stehen blieb, war die Glocke stumm. Sie machte ihn unruhig. Er streifte eine kleine grüne Grille von seiner Schulter und setzte sie auf ihre geöffnete Hand.

»Ich vermute, Sie haben etwas geschrieben und hätten gerne, dass ich es lese. Habe ich recht?«

»Ja. Es ist nur ein Gedicht.« Wieder sprach sie in nüchternem Ton. Sie ließ die Grille frei und sah zu, wie sie ins Gras sprang und verschwand. »Genau genommen ist es ein Zwiegespräch mit Ihnen.«

Joe hob einen Zweig auf, der vom Baum heruntergefallen war. Die braune Taube über seinem Kopf spielte mit dem Feuer. Sie hätte jederzeit auf einen dickeren Ast umziehen können, aber sie rührte sich nicht von der Stelle. Er sagte, er werde ihr Gedicht am Abend lesen, und wartete darauf, dass sie ihm dankte.

Er wartete. Auf ihren Dank. Für seine Zeit. Für seine Aufmerksamkeit. Für seine Großzügigkeit. Dafür, dass er sie vor Mitchell in Schutz genommen hatte. Für seine Gesellschaft und für seine Worte, die Gedichte, die sie mehr oder weniger dazu gebracht hatten, ihm im Familienurlaub aufzulauern wie eine Stalkerin. Ihr Dank blieb aus.

»Ach ja« – er starrte auf ihre blassen, mit zerquetschten Ameisen übersäten Schienbeine – »dass Sie, ähm, Medikamente nehmen und so weiter … behalte ich natürlich für mich.«

Sie zuckte die Achseln. »Also ehrlich gesagt wissen es Jürgen und Dr. Sheridan und alle im Dorf sowieso. Außerdem nehme ich sie ja nicht mehr.«

»Ist Madeleine Sheridan Ärztin?«

»Ja.« Sie verkrampfte die Zehen. »Sie hat gute Kontakte zur Klinik in Grasse. Also tun Sie lieber so, als wären Sie glücklich und hätten Ihr Leben im Griff.«

Er lachte, und um ihn noch einmal zum Lachen zu

bringen, damit er wie jemand wirkte, der glücklich ist und sein Leben im Griff hat, erzählte sie ihm, dass nichts, absolut *gar* nichts ein Geheimnis blieb, sobald Jürgen davon erfuhr. »Wie alle Menschen, die nichts für sich behalten können, legt er die Hand aufs Herz und beteuert, seine Lippen seien versiegelt. Aber Jürgens Lippen sind niemals versiegelt, weil immerzu ein riesiger Joint dazwischensteckt.«

Joe Jacobs wusste, dass er ihr mehr Fragen stellen sollte. Wie seine Frau, die Journalistin. Nach dem Warum, dem Wie, dem Wann, dem Wer und allem anderen, was das Leben besser verstehen hilft. Aber sie hatte ihm ja ein paar Dinge erzählt. Auf dem Weg zum Obstgarten hatte sie ihm erzählt, ihren Job, im Victoria Park in Hackney Blätter zusammenzurechen und den Rasen zu mähen, habe sie an den Nagel gehängt. Eine Jugendgang habe sie mit einem Messer bedroht, weil ihre Beine gezuckt hätten, solange sie die Tabletten nahm, und sie somit eine leichte Beute gewesen sei.

Wieder klingelte die Glocke.

»Was ist das?« Kitty stand auf und spähte in das hohe Gras.

Joe sah, wie sich unter ihrem Kleid die einzelnen Wirbel abzeichneten. Als ihm schon wieder der Hut vom Kopf rutschte, hob sie ihn auf, klopfte ihn mit ihren grünen Fingernägeln ab und hielt ihn Joe hin.

»Oh!«

Kitty rief »Oh!«, weil sich in diesem Augenblick etwas im hohen Gras bewegte und pink und silbern aufblitzte. Etwas kam auf sie zu. Das Gras schien sich zu teilen, und dann stand, barfuß und im Kirschdruckbikini, Nina vor ihnen. An den Zehen trug sie das Geschenk von Jürgen, die fünf Zehenringe aus Indien, an denen kleine Glöckchen angebracht waren.

»Ich hab dich gesucht.« Sie starrte ihren Vater an, der anscheinend Kitty Finch die Hand hielt. »Mama ist nach Nizza gefahren. Sie sagte, sie müsse ihre Schuhe reparieren lassen.«

Kitty blickte auf die Uhr an ihrem schmalen Handgelenk.

»Aber die Schuster in Nizza haben um diese Zeit geschlossen.«

Drei knurrende Hunde kamen aus dem Gras gesprungen und umkreisten sie. Als der Bauer auftauchte und den schwitzenden englischen Dichter zur Rede stellte, weil er unbefugt sein Grundstück betreten habe, riss die hübsche junge Engländerin das Band von ihrem Hut und reichte es dem finster dreinblickenden Dichter.

»Wischen Sie sich die Stirn ab«, sagte sie, und dann forderte sie den Bauern auf Französisch auf, er solle seine Hunde zurückpfeifen.

***

Als sie wieder an der Villa ankamen, ging Joe unter den Zypressen hindurch in den Garten, wo er einen Tisch und einen Stuhl aufgestellt hatte, um im Schatten zu schreiben. Seit zwei Wochen bezeichnete er diese Ecke als sein Arbeitszimmer, und alle wussten, dass er hier nicht gestört werden durfte, selbst dann nicht, wenn er auf seinem Stuhl einschlief. Zwischen den Ästen der Zypressen hindurch sah er, dass Laura auf dem ausgebleichten Korbstuhl am Pool saß. Mitchell brachte ihr gerade eine Schüssel Erdbeeren.

Schläfrig schaute er Laura und Mitchell dabei zu, wie sie in der prallen Sonne ihre Erdbeeren aßen, und bald schon fand er sich am Rande des Schlafes wieder. Es war ein seltsames Gefühl, »sich« am Rande des Schlafes »wiederzufinden«. Als ob er sich jemals irgendwo »wiederfinden« könnte. Wenn, dann sollte es gefälligst ein angenehmer Ort sein, ein Ort ohne Kummer oder drohende Gefahr; ein Tisch im Schatten eines alten Baumes, im Kreis seiner Familie; eine Gondel, die durch die Kanäle Venedigs gleitet, während er fotografiert; ein leeres Kino, in dem er, eine Dose Bier zwischen den Beinen, allein einen Film anschaut. Ein Auto auf einer Gebirgsstraße um Mitternacht, nach einem Schäferstündchen mit Kitty Finch.

Eine Gebirgsstraße. Mitternacht.

Es wurde dunkel, und sie sagte ihm, die Bremsen des Mietwagens seien im Arsch, und sie sehe nichts, sie sehe nicht einmal ihre Hände. Als sie sich über das Lenkrad beugte, rutschte ihr das Seidenkleid von den Schultern. Ein Kaninchen lief über die Straße, und das Auto scherte aus. Er sagte, sie solle sich auf die Straße konzentrieren, und während er sprach, küsste sie ihn und steuerte gleichzeitig den Wagen. Und dann bat sie ihn, sein Fenster zu öffnen, damit sie hören könne, wie die Insekten im Wald einander riefen. Er kurbelte das Fenster herunter und sagte noch einmal, sie solle sich auf die Straße konzentrieren. Er streckte den Kopf raus und spürte, wie die kalte Luft auf seinen Lippen brannte. Einst hatten in diesem Bergwald urzeitliche Menschen gelebt. Sie wussten, dass die Vergangenheit in Felsen und Bäumen zu Hause war, und sie wussten, dass ihr Begehren sie unbeholfen, verrückt, rätselhaft und verkorkst werden ließ.

»Ja«, sagte Kitty Finch, den Blick wieder auf die Straße gerichtet. »Ich weiß, was du denkst. Das Leben ist nur lebenswert, weil wir hoffen, dass es irgendwann besser wird und dass wir am Ende alle wohlbehalten heimkehren. Aber du hast es versucht, und du bist nicht wohlbehalten heimgekehrt. Du hast überhaupt nicht heimgefunden. Deshalb bin ich hier, Jozef. Ich bin nach Frankreich gekommen, um dich von deinen Gedanken zu erlösen.«

Imitiertes Leben

Isabel Jacobs war sich nicht sicher, warum sie gelogen hatte, sie müsse ihre Schuhe reparieren lassen. Schon wieder etwas, worüber sie sich nicht sicher war. Alles, was sie seit der Ankunft von Kitty Finch tun konnte, um durch den Tag zu kommen, war eine Person zu imitieren, die sie einmal gewesen war. Nur dass ihr diejenige, die sie einmal gewesen war, nicht mehr nachahmenswert erschien. Die Welt war ihr mehr und mehr ein Rätsel. Und sie selbst nicht minder. Sie wusste nicht mehr, welche Gefühle etwas bei ihr auslösten, woher diese Gefühle kamen oder warum sie einer Fremden das freie Zimmer angeboten hatte. Als sie die Berge hinter sich gelassen, Kleingeld für die Maut hervorgekramt, sich in Vence verfahren hatte und inmitten des Verkehrs, der die Küstenstraße nach Nizza verstopfte, zu wenden versuchte, fuchtelten andere Fahrer wütend mit den Händen, hupten, kurbelten ihre Fenster herunter und schrien sie an. Von den Rücksitzen trafen sie die spöttischen Blicke gestriegelter kleiner Hunde, als hätten auch sie nur Verachtung für jemanden übrig, der in einem Gewirr von Einbahnstraßen nicht wusste, wohin.

Sie parkte gegenüber einem Strand namens Opéra Plage und ging auf die rosafarbene Kuppel des Hotel Negresco zu, das sie von der Karte her kannte, die an das Merkblatt der Villa geklammert war. Über das Hotel

Negresco, das älteste und nobelste Belle-Époque-Hotel an der Promenade des Anglais, stand im Merkblatt jede Menge. Gebaut worden war es offenbar 1912 von Henri Negresco, einem gebürtigen Ungarn, der mit diesem Hotel »die Crème de la Crème« nach Nizza locken wollte.

Über die Straße, die sie von den vollen Stränden trennte, wehte eine Brise herüber. Dieser Schwall schmutzigen Stadtlebens hier fühlte sich besser, viel besser an als die schneidend klare Bergluft, die auch den Kummer klarer vor Augen treten ließ. Hier in Nizza, der fünftgrößten Stadt Frankreichs, konnte sie in der Masse der Urlauber untertauchen, als hätte sie keine anderen Probleme als die unverschämten Preise, die an der Riviera für das Mieten eines Liegestuhls verlangt wurden.

Eine Frau mit einem Helm aus hennarotem, dauergewelltem Haar hielt sie an und fragte, ob sie ihr sagen könne, wie sie in die Rue François Aune komme. Die Gläser ihrer riesigen Sonnenbrille waren mit etwas verschmiert, was wie getrocknete Milch aussah. Der Akzent, mit dem sie Englisch sprach, klang für Isabel nach Russland. Die Frau deutete mit einem Finger voll schwerer Ringe auf einen Mechaniker, der in einem ölverschmierten blauen Overall unter einem Motorrad lag – als wollte sie Isabel auffordern, für sie nach dem Weg zu fragen. Einen Augenblick verstand sie nicht, warum die Frau das von ihr verlangte, aber dann sah sie, dass sie blind war und gehört hatte, wie der Mechaniker den Motor aufheulen ließ.

Als Isabel sich auf dem Bürgersteig hinkniete und ihm den Zettel zeigte, den die Frau ihr in die Hand gedrückt hatte, deutete er mit dem Daumen auf den Wohnblock auf der anderen Straßenseite. Die Blinde stand in der Straße, nach der sie suchte. »Sie sind da.« Isabel nahm sie am Arm und führte sie durch das Tor hindurch zu dem exklusiven Apartmentblock, dessen Fenster alle von frisch gestrichenen grünen Fensterläden umrahmt waren. Drei Sprinkler bewässerten die in fein säuberlichen Reihen gepflanzten Palmen des Gemeinschaftsgartens.

»Ich muss aber zum Hafen, Madame. Ich bin auf der Suche nach Dr. Ortega.«

Die blinde Russin klang ungehalten, als habe man sie gegen ihren Willen zum falschen Ort gebracht. Isabel ging die Messingschilder mit den eingravierten Namen der Bewohner durch und las sie laut vor: »Perez, Orsi, Bergel, Dr. Ortega.« Da war sein Name. Hier wohnte er, auch wenn die Frau anderer Ansicht war.

Sie klingelte bei »Dr. Ortega« und ignorierte die Russin, die jetzt hektisch in ihrer Krokodilleder-Handtasche wühlte und ein abgegriffenes Handwörterbuch hervorkramte.

Eine sanfte spanische Stimme kam aus dem polierten Messinglautsprecher der Gegensprechanlage und fragte auf Französisch, wer sie sei.

»Ich heiße Isabel. Eine Besucherin wartet hier unten auf Sie.«

Sie wurde von einer Polizeisirene übertönt und musste noch einmal von vorne anfangen.

»Sagten Sie, Ihr Name sei Isabel?« Es war eine ganz einfache Frage, doch sie machte sie nervös, als gäbe sie sich als jemand aus, der sie nicht war.

Der Türöffner gab ein Wimmern von sich, und sie stieß die Glastür mit dem schweren, dunklen Holzrahmen auf, die in den marmornen Eingangsbereich führte. Die Russin mit der verschmierten dunklen Brille rührte sich nicht vom Fleck und wiederholte unablässig, sie wünsche zum Hafen gebracht zu werden.

»Sind Sie noch da, Isabel?«

Warum kam der Herr Doktor nicht die Treppen herunter und nahm die blinde Frau in Empfang?

»Könnten Sie herunterkommen und Ihre Patientin abholen?« Sie hörte, wie er lachte.

»*Señora, soy doctor en filosofía.* Sie ist keine Patientin, sondern eine Schülerin von mir.«

Wieder lachte er. Das tiefe, rasselnde Lachen eines Rauchers. Sie beugte sich vor, um seine aus den Lautsprecherlöchern kommende Stimme besser zu verstehen.

»Meine Schülerin möchte zum Hafen, weil sie nach St. Petersburg zurückwill. Sie hat keine Lust, zu ihrer Spanischstunde zu kommen, und glaubt deshalb nicht, dass sie da ist. *Ella no quiere estar aquí.*«

Er war charmant und zu Scherzen aufgelegt, ein Mann, der die Zeit hatte, aus der sicheren Distanz der Gegensprechanlage in Rätseln zu sprechen. Sie wünschte, sie könnte mehr wie er sein und herumalbern und sich einen Spaß mit dem machen, was der Tag ihr brachte. Wie war sie dort gelandet, wo sie jetzt war? Wo war sie eigentlich? Wie immer auf der Flucht vor Jozef. Bei diesem Gedanken brannten in ihren Augen Tränen, die sie wütend machten. Nein, nicht schon wieder, nicht Jozef, nicht schon wieder. Sie wandte sich ab und ließ die Russin stehen, die im marmornen Treppenhaus nach dem Geländer tastete und noch immer darauf beharrte, dass sie hier falsch und der Hafen ihr eigentliches Ziel sei.

Der Himmel hatte sich verdunkelt, und sie konnte riechen, dass das Meer nicht weit war. Über ihr kreischten Möwen. Von der *Boulangerie* auf der anderen Straßenseite wehte über die geparkten Autos hinweg süßer Hefegeruch herüber. Familien kamen mit aufblasbaren Bällen, Plastikstühlen und farbenfrohen Handtüchern vom Strand zurück. Die *Boulangerie* war plötzlich voller Jugendlicher, die sich ein Stück Pizza kauften. Gegenüber ließ der Mechaniker triumphierend sein Motorrad aufheulen. Sie war noch nicht bereit, nach Hause zu gehen und eine Person zu imitieren, die sie einmal gewesen war. Stattdessen ging sie eine gefühlte Stunde die Promenade des Anglais entlang und setzte sich in eines der Strandrestaurants in der Nähe des Flughafens.

Die startenden Flugzeuge flogen dicht über das schwarze Meer hinweg. Eine Gruppe Studenten trank auf den Kiesböschungen Bier. Rechthaberisch, auf Flirts aus, riefen sie sich Dinge zu, genossen den Sommerabend am Strand. Das ganze Leben lag vor ihnen. Neue Jobs. Neue Ideen. Neue Freundschaften. Neue Liebesbeziehungen. Sie dagegen stand mitten im Leben, war fast fünfzig Jahre alt und hatte durch ihre Arbeit zahllose Massaker und Konflikte erlebt, die ihr das Leid auf der Welt hautnah vor Augen geführt hatten. Sie war nicht nach Ruanda geschickt worden, um über den Völkermord zu berichten, wie zwei ihrer erschütterten Kollegen. Sie hatten ihr von einer menschlichen Tragödie unglaublichen Ausmaßes erzählt, selbst verstört, hätten sie in die verstörten Augen der Waisenkinder gestarrt. Ausgehungerte Hunde seien daran gewöhnt gewesen, Menschenfleisch zu fressen. Sie hätten über die Felder streunende

Hunde beobachtet, die menschliche Teile zwischen den Zähnen gehabt hätten. Auch wenn sie die Schrecken von Ruanda nicht mit eigenen Augen gesehen hatte, war sie zu tief in das Unglück dieser Welt eingetaucht, als dass sie noch einmal von vorne anfangen könnte. Wenn sie die Wahl hätte, all das wieder zu vergessen, was sie eigentlich hätte weise machen sollen, dann würde sie noch einmal ganz von vorne anfangen. Unbedarft und voller Hoffnung würde sie noch einmal heiraten und noch einmal ein Kind bekommen und mit ihrem gut aussehenden jungen Mann abends am Strand Bier trinken. Sie wären noch einmal bezauberte Anfänger, die sich unter dem strahlenden Sternenhimmel küssen. Das war das Beste, was man im Leben sein konnte.

Eine aus Frauen und Kindern bestehende Großfamilie saß an drei zusammengeschobenen Tischen. Sie hatten alle die gleichen borstigen braunen Haare und hohen Wangenknochen und aßen in Halblitergläsern aufgeschichtetes, kunstvoll vermengtes Eis. Der Kellner zündete die Wunderkerzen an, die er in die Schlagsahne gesteckt hatte, und alle machten Ah und Oh und klatschten in die Hände. Sie fröstelte in ihrem rückenfreien Kleid, das für diese Nachtzeit zu luftig war. Die Frauen, die mit langen Silberlöffeln ihre Kinder fütterten, warfen der stumm grübelnden Frau mit den nackten Schultern misstrauische Blicke zu. Sie schienen ihr ihre Einsamkeit ebenso übel zu nehmen wie der Kellner. Sie musste ihm zweimal sagen, dass sie auf niemanden warte. Als er ihren Espresso auf den leeren, für zwei gedeckten Tisch knallte, schwappte das meiste davon in die Untertasse.

Sie sah zu, wie die Wellen sich an den Kieselsteinen

brachen, wie der Ozean die an jenem Tag am Strand zurückgelassenen Plastiktüten in sich aufnahm. Während sie versuchte, den verbliebenen Kaffee, der ihr das Anrecht auf einen Platz an diesem Tisch für zwei verschaffte, möglichst lang zu strecken, kehrten die Gedanken, die sie wegzuschieben versuchte, ebenso regelmäßig zurück wie die Wellen auf den Steinen.

In ihrem Haus in London war sie eine Art Gespenst. Wenn sie aus irgendeinem Kriegsgebiet zurückkehrte und feststellte, dass in ihrer Abwesenheit die Schuhcreme oder die Glühbirnen einen neuen Aufbewahrungsort erhalten hatten, in der Nähe, aber eben nicht genau dort, wo sie sonst immer gewesen waren, dann wurde ihr klar, dass auch sie keinen festen Platz im Haus der Familie hatte. Um das zu tun, was sie sich in diesem Leben vorgenommen hatte, riskierte sie es, ihren Platz als Ehefrau und Mutter zu verwirken – ein verwirrender Platz, an dem ihr all die Erwartungen im Nacken saßen, die an einen gestellt wurden, wenn man sich für ihn entschied. Sie hatte versucht, etwas zu sein, was sie nicht ganz begreifen konnte. Eine starke und doch zerbrechliche Frauengestalt. Sie wusste zwar, dass Stärke nicht dasselbe war wie Durchsetzungsfähigkeit und Zerbrechlichkeit nicht dasselbe wie Einfühlsamkeit, aber sie wusste nicht, wie sie dieses Wissen für ihr eigenes Leben fruchtbar machen könnte, worauf es hinauslief, oder wie es ihr wenigstens helfen könnte, sich besser dabei zu fühlen, an einem Samstagabend allein an einem für zwei gedeckten Tisch zu sitzen. Wenn sie aus Afrika, Irland oder Kuwait nach London kam, dann war es Laura, die ihr manchmal ein Bett im Lagerraum über ihrem Laden in Euston anbot. Es war eine Art Rekonvaleszenz. Sie legte sich am helllichten Tag hin, und wenn es im Laden ruhig war, brachte Laura ihr eine Tasse Tee. Sie hatten nichts gemeinsam, außer dass sie sich schon so lange kannten. Die Zeit, die sie miteinander verbracht hatten, bedeutete viel. Sie mussten nichts erklären oder höflich sein oder die Gesprächspausen füllen.

Sie lud Laura ein, den Sommer über die Villa mit ihnen zu teilen, und war überrascht, wie schnell ihre Freundin Ja sagte. Normalerweise brauchten Laura und Mitchell mehr Vorlauf, um den Laden zuzusperren und ihre Angelegenheiten zu regeln.

Die Wunderkerzen in den Eisbechern verloschen zischend. Eine der Mütter schrie plötzlich ihren fünfjährigen Sohn an, der sein Glas fallen gelassen hatte. Aus ihrem Schrei sprach ungezügelte Wut. Isabel sah ihr an, wie erschöpft sie war. Die Frau war im Lauf der Jahre verbissen geworden, weder unglücklich noch glücklich. Sie kroch jetzt auf allen vieren auf dem Boden herum und wischte mit den Servietten, die der Rest des Clans ihr hinhielt, das Eis auf. Sie spürte, wie missbilligend die Frauen sie anblickten, weil sie so alleine dasaß, aber sie war ihnen dankbar. Sie würde Nina mit in dieses Restaurant nehmen und ihr einen Eisbecher mit Wunderkerze kaufen. Die Frauen hatten für ihre Kinder etwas Schönes geplant, etwas, was sie imitieren würde.

Wände, die auf- und zugehen

Nina sah Kitty Finch zu, wie sie ihre Handflächen gegen die Wände ihres Zimmers drückte, als wolle sie prüfen, wie stabil sie waren. Es war ein kleines Zimmer, das nach hinten rausging, die gelben Vorhänge vor dem einzigen Fenster waren ganz zugezogen. Das Zimmer war dadurch dunkel und stickig, aber Kitty sagte, sie möge es so.

Sie hörten Mitchell oben in der Küche ziemlich falsch einen ABBA-Song singen. Kitty erzählte Nina, sie überprüfe die Wände, weil das Fundament des Hauses wackelig sei. Vor drei Jahren sei eine Bande Baupfuscher aus Menton angeheuert worden, das ganze Haus zusammenzuflicken. Überall seien Risse gewesen, die eilig mit dem falschen Putz überdeckt worden seien.

Nina konnte es gar nicht fassen, wie viel Kitty über alles Mögliche wusste. Was war denn der richtige Putz? Arbeitete Kitty Finch in der Baubranche? Wie schaffte sie es bloß, all ihre Haare unter einen Schutzhelm zu stopfen?

Kitty schien ihre Gedanken gelesen zu haben, denn sie sagte: »Tja, also im richtigen Putz ist Kalk drin«, und dann kniete sie sich hin und untersuchte die Pflanzen, die sie am Morgen auf dem Friedhof gesammelt hatte.

Ihre grünen Fingernägel streichelten die dreieckigen Blätter und die weißen Blütentrauben, die, wie sie naserümpfend behauptete, nach Mäusen rochen. Sie sammle die Samen der Pflanzen, um sie zu untersuchen, und Nina könne ihr dabei helfen, wenn sie Lust habe.

»Was ist das für eine Pflanze?«

»Sie heißt *Conium maculatum*. Sie gehört zur gleichen Familie wie Fenchel, Pastinaken und Karotten. Ich war ziemlich überrascht, dass sie neben der Kirche wächst. Die Blätter sehen wie Petersilie aus, stimmt's?«

Nina wusste nicht so recht.

»Das ist Schierling. Dein Vater würde ihn sofort erkennen. Früher haben die Kinder aus den Stielen Pfeifen gemacht und sich manchmal damit vergiftet. Aber die Griechen glaubten, man könne damit Tumore heilen.«

Kitty war anscheinend ziemlich beschäftigt. Nachdem sie ihre Sommerkleider in den Schrank gehängt und ein paar zerfledderte, abgegriffene Bücher ins Regal gestellt hatte, rannte sie nach oben, um sich noch einmal den Pool anzuschauen, obwohl es draußen bereits dunkel war.

Als sie zurückkam, erklärte sie, der Pool habe jetzt eine Unterwasserbeleuchtung. »Letztes Jahr gab's die noch nicht.«

Sie nahm einen braunen A4-Umschlag aus der blauen Stofftasche und betrachtete ihn von allen Seiten. »Das hier«, sagte sie und wedelte damit in Ninas Richtung, »ist das Gedicht, das dein Vater heute Abend zu lesen versprochen hat.« Sie kaute auf ihrer Oberlippe herum. »Er hat gesagt, ich soll es auf den Tisch vor seinem Schlafzimmer legen. Kommst du mit?«

Nina führte Kitty Finch zu dem Zimmer, in dem ihre Eltern schliefen. Es war das größte Schlafzimmer der

Villa, mit einem noch größeren Bad. Es hatte goldene Wasserhähne und eine richtige Dusche und eine Badewanne, die man auf Knopfdruck in einen Whirlpool verwandeln konnte. Sie zeigte auf einen kleinen Tisch, der vor dem Schlafzimmer an die Wand geschoben war. In der Mitte des Tisches stand eine Schale mit einem Durcheinander aus Schwimmbrillen, getrockneten Blumen, alten Filzstiften, Postkarten und Schlüsseln.

»Oh, das sind die Schlüssel zum Pumpenraum.« Kitty klang ganz aufgeregt. »Im Pumpenraum sind die ganzen Maschinen für den Swimmingpool. Ich steck den Umschlag unter die Schale.«

Sie schaute den braunen Umschlag stirnrunzelnd an, atmete immer wieder tief ein und aus und schüttelte dabei ihre Locken, als hätte sich etwas in ihren Haaren verfangen.

»Ach nein, ich glaub, ich schieb ihn unter der Tür durch. Dann stolpert er drüber und muss es sofort lesen.«

Nina wollte einwenden, dass das nicht nur sein Schlafzimmer sei, ihre Mutter schlafe ebenfalls hier, aber sie hielt sich zurück, denn Kitty Finch redete jetzt ziemlich wirres Zeug.

»Man muss es versuchen, oder? Es ist, als überquere man mit geschlossenen Augen eine Straße … Man weiß nicht, was im nächsten Moment passiert.« Und dann warf sie den Kopf in den Nacken und lachte. »Erinnere mich dran, dass ich morgen mit dir nach Nizza fahre und dir zeige, wo es das beste Eis gibt, das du in deinem ganzen Leben je essen wirst.«

Wenn man neben Kitty Finch stand, kam man sich vor wie neben einem gerade knallend aus der Flasche geschossenen Korken. Wie nach dem ersten Knall, wenn man das Gefühl hat, dass Gase hervorströmen und alles eine Sekunde lang mit etwas Betörendem besprengen.

Mitchell rief sie zum Abendessen.

Manieren

Meine Frau lässt in Nizza ihre Schuhe reparieren«, verkündete Joe Jacobs der Tischrunde theatralisch.

Er sagte es in einem Ton, als wolle er das Publikum lediglich informieren und erwarte von den zum Abendessen Versammelten keinerlei Antwort. Sie spielten mit. Die Sache wurde nicht weiter erwähnt.

Mitchell, wie immer der selbst ernannte Küchenchef, hatte den Nachmittag damit verbracht, das am Morgen auf dem Markt gekaufte große Stück Rindfleisch zu braten. Joe hatte darauf bestanden, es zu bezahlen. Mitchell schnitt es fröhlich in Scheiben, aus der Mitte troff rosarotes Blut.

»Für mich nicht, danke«, sagte Kitty höflich.

»Ach was, nur einen Happen.« Eine dünne Scheibe blutiges Fleisch landete von seiner Gabel auf ihrem Teller.

»Happen ist Mitchells Lieblingswort.« Joe nahm seine Serviette und steckte sie sich in den Hemdkragen.

Laura schenkte Wein ein. Sie trug eine kunstvoll gearbeitete afrikanische Halskette, ein mit sieben Perlen besetztes, breites Band aus geflochtenem Gold.

»Sie sehen aus wie eine Braut«, sagte Kitty bewundernd.

»Interessanterweise«, antwortete Laura, »ist das tatsächlich eine Hochzeitskette aus unserem Laden. Sie stammt aus Kenia.«

Kittys Augen tränten vom Meerrettich, den sie sich löffelweise in den Mund schaufelte, als sei es Zucker.

»Was verkaufen Sie und Mitchell denn in Ihrem ›Abholmarkt‹?«

»›Warenhaus‹«, korrigierte Laura. »Wir verkaufen primitive persische, türkische und indische Waffen. Und teuren afrikanischen Schmuck.«

»Wir sind Schmalspur-Waffenhändler«, sagte Mitchell exaltiert. »Und zwischendurch verkaufen wir aus Straußen hergestellte Möbel.«

Joe rollte mit den Fingern eine Scheibe Fleisch auf und tunkte sie in die Schüssel mit dem Meerrettich. »Möbel werden aus Straußen hergestellt und Meerrettich aus Meer«, trällerte er.

Nina knallte ihr Messer auf den Tisch. »Halt die Fresse.«

Mitchell verzog das Gesicht. »Mädchen deines Alters sollten solche hässlichen Wörter nicht in den Mund nehmen.«

Ihr Vater nickte, als sei er ganz derselben Ansicht. Nina starrte ihn wütend an, während er mit einer Ecke der Tischdecke seinen Löffel polierte. Sie wusste, dass ihr Vater Wörtern, die Mitchell »hässlich« nannte, eine Menge Zeit widmete. Wenn sie – was häufig vorkam – zu ihm sagte, sie habe es satt, in der Schule total erbärmliche Schuhe zu tragen, die nicht mal zu ihrer Strumpfhose passten, dann korrigierte ihr Dichtervater ihre Wortwahl: »Sag nächstes Mal: total erbärmliche, verdammte Scheißschuhe. Das verleiht deinem Anliegen mehr Nachdruck.«

»Hässliche Wörter sind für hässliche Gedanken.« Mitchell tippte sich energisch seitlich an den Glatzkopf und leckte sich dann einen Klecks Meerrettich vom Daumen. »In deinem Alter hätte ich in Gegenwart meines Vaters nie solche Schimpfwörter gebraucht.«

Joe warf seiner Tochter einen kurzen Blick zu. »Jawoll, mein Kind. Bitte verwende nicht solche Schimpfwörter, damit du bei den Arschlöchern an diesem Tisch keinen Anstoß erregst. Vor allem nicht bei Mitchell. Der ist gefährlich. Er hat Waffen. Schwerter und Elfenbeinpistolen.«

»Ehr-lich ge-sagt« – Mitchell drohte mit dem Finger – »was ich wirklich brauche, ist eine Mausefalle. In der Küche hier gibt es nämlich Nager.«

Bei dem Wort »Nager« warf er einen Seitenblick auf Kitty Finch.

Kitty ließ ihr Stück Fleisch auf den Boden fallen und beugte sich zu Nina. »Meerrettich wird nicht aus Meer gemacht. Er gehört zu den Senfgewächsen. Meerrettich ist eine Wurzel, und dein Vater isst wahrscheinlich deshalb so viel davon, weil das gut gegen sein Rheuma ist.«

Joe zog die buschigen Augenbrauen hoch. »Waaas? Ich habe kein Rheuma.«

»Ich glaube schon«, antwortete Kitty. »Sie gehen ziemlich steif.«

»Weil er so alt ist, dass er Ihr Vater sein könnte«, lächelte Laura gehässig. Sie fragte sich immer noch, weshalb Isabel so darauf bestanden hatte, dass eine junge Frau, die nackt schwimmen ging und es offensichtlich auf ihren nicht mehr ganz jungen Ehemann abgesehen hatte, bei ihnen wohnte. Ihre Freundin war schließlich die Betrogene in dieser Ehe. Die unter seiner Untreue litt. Unter der Last seiner Vergangenheit. Betrogen und belogen.

»Laura ist stolz darauf, andere zu durchschauen und kein Blatt vor den Mund zu nehmen«, erklärte Joe der Tischgesellschaft. Er zwickte sich mit Daumen und Zeigefinger in die Nasenspitze, ein geheimes Zeichen zwischen ihm und seiner Tochter. Wofür, wusste er nicht so genau, vielleicht dafür, dass sie sich immer lieben würden, trotz seiner Fehler und seiner Dummheit und so sehr sie sich auch gegenseitig auf die Nerven gingen.

Kitty lächelte Laura nervös zu. »Ich bin Ihnen allen sehr dankbar, dass ich bleiben darf.«

Nina schaute ihr zu, wie sie an einer Gurkenscheibe knabberte und sie dann an den Tellerrand schob.

»Sie sollten sich bei Isabel bedanken«, verbesserte sie Laura. »Sie ist sehr gutherzig.«

»Ich würde nicht behaupten, dass Isabel gütig ist. Du, Nina?«

Joe rollte eine weitere Scheibe Fleisch auf und steckte sie sich in den Mund.

Das war das Stichwort für Nina, etwas Kritisches über ihre Mutter zu sagen, um ihrem Vater zu gefallen, so etwas wie: »Meine Mutter kennt mich kaum.« Tatsächlich war sie eher versucht zu sagen: »Meine Mutter weiß nicht, dass ich weiß, dass mein Vater mit Kitty Finch ins Bett gehen wird. Sie weiß nicht mal, dass ich weiß, was magersüchtig heißt.«

Stattdessen sagte sie: »Kitty glaubt, dass Wände auf- und zugehen können.«

Als Mitchell seinen linken Zeigefinger um sein Ohr

kreisen ließ, als wollte er sagen: Bekloppt, die ist total bekloppt, beugte Joe sich über den Tisch und schlug Mitchell mit geballter brauner Faust auf den ungezogenen rosaroten Finger.

»Es ist unanständig, so normal zu sein, Mitchell. Selbst du musst doch einmal ein Kind gewesen sein. Selbst du hast vielleicht einmal gedacht, unter deinem Bett lauerten Monster. Und jetzt, da du so ein makellos normaler Erwachsener bist, wirfst du wahrscheinlich heimlich einen Blick unters Bett und sagst dir, nun ja, vielleicht ist das Monster ja unsichtbar!«

Mitchell rollte mit den Augen und blickte zur Decke, als erhoffe er sich von ihr Rat und Hilfe. »Hat dir je jemand gesagt, wie selbstverliebt du bist?«

Das Telefon klingelte. Ein Fax ratterte langsam durch und landete auf der Plastikablage neben dem Informationsordner der Villa. Nina stand auf und ging es holen. Sie warf einen kurzen Blick darauf und gab es ihrem Vater.

»Für dich. Wegen der Lesung in Polen.«

»Danke.« Er gab ihr mit weinbenetzten Lippen einen Handkuss und bat sie, ihm das Fax vorzulesen.

MITTAGESSEN BEI ANKUNFT ZWEI MENÜS.

Weißer Borschtsch mit gekochtem Ei und Wurst.
Traditioneller Jägereintopf mit Kartoffelbrei.
Alkoholfreies Getränk.

ODER

Traditionelle polnische Gurkensuppe.
Kohlrouladen mit Fleischfüllung und Kartoffelbrei.
Alkoholfreies Getränk.

BITTE FAXEN SIE UNS IHRE PRÄFERENZ.

Laura räusperte sich. »Du bist in Polen geboren, nicht wahr, Joe?«

Nina sah ihren Vater unbestimmt den Kopf schütteln.

»Ich kann mich nicht daran erinnern.«

Mitchells hochgezogene Augenbrauen sollten Ungläubigkeit ausdrücken. »Wenn man sich nicht mal mehr erinnern kann, wo man geboren wurde, muss man aber ziemlich vergesslich sein. Sie sind Jude, Mr Jacobs, nicht wahr?«

Joe wirkte verdutzt. Vielleicht weil Mitchell ihren Vater gesiezt hatte, dachte Nina. Auch Kitty runzelte die Stirn. Sie setzte sich in ihrem Stuhl ein wenig auf und ergriff das Wort, als wäre sie Joes Biografin.

»Natürlich ist er in Polen geboren. Es steht bei jedem seiner Bücher auf dem Umschlag. Jozef Nowogrodzki wurde 1937 im westlichen Polen geboren. Im Alter von fünf Jahren kam er nach Whitechapel im Osten von London.«

»Aha.« Mitchell sah immer noch verwirrt aus. »Und warum heißt du dann jetzt Joe Jacobs?«

Wieder übernahm Kitty die Antwort. Es fehlte nur noch, dass sie dreimal gegen ihr Weinglas geklopft hätte, um für erwartungsvolle Stille zu sorgen. »Die Lehrer im Internat änderten seinen Namen, damit sie ihn richtig schreiben konnten.«

Der Löffel, den Joe das ganze Abendessen über poliert hatte, war jetzt silbern und blank. Als er ihn hochhielt, so als wolle er das Ergebnis der harten Arbeit inspizieren, sah Nina auf der Rückseite Kittys verzerrtes Spiegelbild.

»Internat? Wo waren denn deine Eltern?«

Mitchell merkte, wie Laura auf ihrem Stuhl hin und her rutschte. Was immer er anscheinend über Joe wissen sollte, war spurlos aus seinem Gedächtnis verschwunden. Laura hatte es ihm natürlich erzählt, aber es war nicht hängen geblieben. Er war erleichtert, dass Kitty Finch es diesmal nicht auf sich nahm, seine Frage zu beantworten, und wünschte irgendwie, er hätte sie nie gestellt.

»Dann bist du also mehr oder weniger ein Engländer, Joe, oder?«

Joe nickte. »Ja. Fast so englisch wie du.«

»Na ja, also ganz so weit würde ich nicht gehen, Joe«, sagte Mitchell im Ton eines wohlmeinenden Zollbeamten, »aber, wie ich immer zu Laura sage: Was zählt, ist, was wir tief drinnen fühlen.«

»Da hast du recht«, stimmte Joe zu.

Mitchell glaubte, auf einer heißen Fährte zu sein, weil Joe zur Abwechslung mal höflich war.

»Und was fühlst du tief drinnen, Joe?«

Joe starrte auf den Löffel in seiner Hand, als wäre er ein Edelstein oder ein kleiner Triumph über angelaufenes Besteck.

»Tief drinnen habe ich ein VMG.«

»Wie bitte, Mr Jacobs?«

»Ein verflucht merkwürdiges Gefühl.«

Mitchell, der mittlerweile betrunken war, klopfte ihm

zur Bekräftigung ihrer neu entdeckten Solidarität auf den Rücken.

»Da bin ich ganz d'accord, Jozef, egal wie du mit Nachnamen heißt. Ich hab hier auch so ein VMG.« Er tippte sich an die Stirn.

»Ich hab sogar drei davon.«

Laura scharrte unter dem Tisch mit ihren großen Füßen und verkündete, sie habe als Nachspeise ein Trifle vorbereitet. Das Rezept habe sie aus Delia Smiths *Complete Cookery Course* und sie hoffe, dass die Vanillesoße fest geworden sei und die Sahne nicht geronnen.

Sonntag

Schierlingsdieb

Das Zwitschern der ersten Vögel. Das Geräusch von in den reglosen Pool fallenden Pinienzapfen. Der herbe Geruch des Rosmarins in den Holzkästen auf der Fensterbank. Als Kitty Finch aufwachte, spürte sie jemandes Atem im Gesicht. Zuerst dachte sie, der Wind habe in der Nacht das Fenster aufgestoßen, doch dann sah sie ihn und musste sich die Haare in den Mund stecken, sonst hätte sie laut aufgeschrien. Ein schwarzhaariger Junge stand vor ihrem Bett und winkte ihr zu. Sie schätzte ihn auf fünfzehn, und in der Hand, die nicht winkte, hatte er ein Notizbuch. Ein gelbes Notizbuch. Er trug eine Schuluniform, die Krawatte hatte er in die Tasche gestopft. Schließlich verschwand er in der Wand, aber sie spürte immer noch den von seiner unsichtbar winkenden Hand erzeugten Luftstrom.

Er war in ihr. Er war per Telepathie in ihren Kopf eingedrungen. Sie nahm seine Gedanken, Gefühle und Absichten wahr. Sie bohrte die Fingernägel in ihre Wangen, und als sie sich davon überzeugt hatte, dass sie wach war, ging sie zur Terrassentür und kletterte in den Pool. Als sie zu der nur noch halb aufgeblasenen Luftmatratze schwamm und sie in das seichte Ende hinüberzog, stach sie eine Wespe ins Handgelenk. Sie fragte sich, ob die gespenstische Erscheinung ein Geist, ein Traum oder eine Halluzination gewesen war. Was immer es gewesen sein mochte: Es war sehr lange in ihrem Kopf gewesen. Sie tauchte den Kopf unter Wasser und begann bis zehn zu zählen.

Sie war nicht allein im Pool.

Kitty konnte gerade noch die vergrößerten Fingerspitzen von Isabel Jacobs erkennen, die Insekten aus dem Wasser fischte, von denen am tiefen Ende immer einige mit dem Tod rangen. Als sie wieder auftauchte, durchpflügten Isabels starke Arme bereits das kalte, grüne Wasser, und die Insekten lagen haufenweise zappelnd neben dem Pool. Die verheiratete Journalistin, so still und überlegen, verschwand also zur Essenszeit nach Nizza, und niemand verlor ein Wort darüber. Am wenigsten ihr Mann, der mittlerweile ihr Gedicht gelesen hatte, wie Kitty hoffte. Zumindest hatte er das gestern nach dem endlosen Abendessen gesagt. Er wollte sich aufs Bett legen und ihre Worte lesen.

»Sie zittern ja, Kitty.«

Isabel schwamm auf sie zu, bis die beiden Frauen Schulter an Schulter nebeneinanderstanden und den frühmorgendlichen Nebel aus den Bergen aufsteigen sahen. Sie erzählte Isabel, sie habe Ohrenschmerzen und ihr sei schwindlig. Es war die einzige Möglichkeit, über das zu sprechen, was sie am Morgen gesehen hatte.

»Wahrscheinlich haben Sie eine Ohrenentzündung. Da ist es kein Wunder, dass sie wacklig auf den Beinen sind.«

Isabel versuchte den Eindruck zu erwecken, sie habe alles unter Kontrolle. Kitty hatte sie vor ungefähr drei

Jahren im Fernsehen gesehen. Isabel Jacobs in der Wüste von Kuwait neben einem Kamelskelett. Sie lehnte an einem ausgebrannten Panzer und zeigte auf ein darunterliegendes, verkohltes Paar Soldatenstiefel. Die elegante und gepflegte Isabel Jacobs war hinterhältiger, als sie aussah. Als sie gestern in den Pool gesprungen war, hatte sie Kittys Knöchel so fest gepackt, dass er höllisch brannte. Ihr Fuß tat ihr jetzt noch weh. Isabel hatte ihr absichtlich wehgetan, aber Kitty konnte sich schlecht beschweren, da sie ihr gleich als Nächstes das freie Zimmer angeboten hatte. Die anderen trauten sich nicht zuzugeben, dass ihnen das nicht recht war, weil die Kriegsberichterstatterin sie alle fest im Griff hatte. Als hätte sie das letzte Wort und rate ihnen, ihr nicht zu widersprechen. In Wahrheit hatte ihr Mann das letzte Wort, denn er schrieb Wörter auf und machte am Ende einen Punkt dahinter. Sie wusste das, aber was wusste seine Frau?

Kitty sprang aus dem Wasser und pflückte Blätter von einem kleinen Baum, der am seichten Ende in einem Topf wuchs. Auch Isabel stieg aus dem Wasser und setzte sich auf die Kante eines weißen Liegestuhls. Die verheiratete Journalistin zündete sich gedankenverloren eine Zigarette an, als denke sie über Wichtigeres nach als das, was um sie herum vorging. Sie konnte den ramponierten A4-Umschlag, den Kitty gegen die Schlafzimmertür gelehnt hatte, nicht übersehen haben.

Heim schwimmen
von
Kitty Finch

Sie sagte Isabel nicht, dass ihr heiß war und sie alles wie durch einen Schleier wahrnahm. Ihre Haut juckte, und außerdem hatte sie das Gefühl, dass ihre Zunge irgendwie geschwollen war. Auch von dem gespenstischen Jungen, den sie beim Aufwachen aus der Wand steigen und winken gesehen hatte, erzählte sie nichts. Er hatte einige ihrer Pflanzen gestohlen, denn als er wieder in der Wand verschwunden war, hatte er ein Büschel davon in der Hand. Vielleicht sucht er nach Möglichkeiten, sich umzubringen, dachte sie. Die Worte, die sie ihn sagen hörte, waren Worte, die sie nicht mit den Ohren hörte, sondern in ihrem Kopf. Er winkte, als wolle er sie begrüßen, aber jetzt dachte sie, dass er sich vielleicht verabschieden wollte.

»Sie … sind hierhergekommen, weil Sie ein Fan von Jozefs Gedichten sind?«

Kitty kaute langsam ein Lorbeerblatt, bis sie so weit war, die Erregung in ihrer Stimme zu verbergen. »Wahrscheinlich bin ich das, ein Fan. Aber ich sehe mich nicht so.«

Sie machte eine Pause, bis ihre Stimme wieder fester war. »Mehr als alles andere sind Joes Gedichte für mich ein Zwiegespräch mit mir. Er schreibt über Dinge, über die ich oft nachdenke. Wir stehen in Nervenkontakt.«

Als sie sich zu Isabel umwandte, drückte diese gerade mit bloßem Fuß ihre Zigarette aus. Kitty schnappte nach Luft.

»Hat das nicht wehgetan?«

Falls Isabel sich gebrannt hatte, schien es ihr nichts auszumachen.

»Was heißt das, mit Jozef in ›Nervenkontakt‹?«

»Es heißt gar nichts. Das ist mir nur spontan so eingefallen.«

Kitty fiel auf, dass Isabel Jacobs immer den vollen Namen ihres Mannes sagte. Als gehöre der Teil von ihm, der verborgen und geheimnisvoll war, der Teil von ihm, der schrieb, nur ihr allein. Wie sollte sie ihr begreiflich machen, dass Joe und sie Botschaften miteinander austauschten, wenn sie es selbst nicht verstand? Das war etwas, was sie mit Jürgen besprach. Der erklärte ihr dann immer, sie habe einen sechsten Sinn, weil sie eine Dichterin sei, und dann sagte er Worte auf Deutsch zu ihr, von denen sie wusste, dass es Liebesworte waren. Es war jedes Mal heikel, sich am Abend von ihm loszueisen, deshalb war sie dankbar, dass sie das freie Zimmer als Zufluchtsort hatte. Ja, in gewisser Hinsicht war sie Isabel dankbar dafür, dass sie sie vor Jürgens Liebe gerettet hatte.

»Wovon handelt Ihr Gedicht?«

Kitty betrachtete das Lorbeerblatt von allen Seiten und fuhr mit den Fingerspitzen die silbrigen Blattadern nach.

»Ich weiß es nicht mehr.«

Isabel lachte. Wie unverschämt. Kitty war gekränkt. Ihre Dankbarkeit war verflogen. Zornig starrte sie die Frau an, die ihr das freie Zimmer angeboten, sich aber nicht die Mühe gemacht hatte, ihr Bettzeug oder Kissen zu geben, und anscheinend keine Ahnung hatte, dass die Fenster sich nicht öffnen ließen und der Boden mit Mäusedreck übersät war. Die Journalistin stellte ihr Fragen, als wolle sie einen Artikel über sie schreiben. Sie war kurvenreich und groß, ihre Haare waren so schwarz wie die einer Inderin, und an ihrer linken Hand trug sie zum Zeichen, dass sie verheiratet war, einen goldenen Ring. Ihre Finger waren lang und glatt, als hätte sie nie einen Topf sauber geschrubbt oder mit den Händen in der Erde gegraben. Sie war nicht einmal auf die Idee gekommen, ihrem Gast ein paar Kleiderbügel anzubieten. Nina hatte ihr eine Handvoll aus ihrem Schrank bringen müssen. Aber Isabel Jacobs stellte weiter Fragen, weil sie alles im Griff haben wollte.

»Sie kennen die Besitzerin der Villa, sagten Sie?«

»Ja, eine Seelenklempnerin namens Rita Dwighter. Sie ist eine Freundin meiner Mutter. Sie besitzt jede Menge Häuser. Allein in London gehören ihr zwölf, jedes davon zwei Millionen wert. Wahrscheinlich fragt sie ihre Patienten, ob sie mit einer Hypothek belastet sind.«

Isabel lachte, und diesmal lachte Kitty mit.

»Danke übrigens, dass Sie mich hier wohnen lassen.«

Isabel nickte herablassend und sagte etwas, von wegen sie gehe jetzt rein und mache sich einen Honigtoast. Kitty sah zu, wie sie durch die Glastür rannte und fast über Laura gestolpert wäre, die sich mittlerweile, mit einem Kopfhörer auf dem Kopf und einem Gewirr aus Kabeln um den Hals, an den Küchentisch gesetzt hatte. Laura lernte irgendeine afrikanische Sprache, und ihre schmalen Lippen sprachen die Wörter laut und betont mit.

Kitty saß nackt und fröstelnd am Ende des Pools und hörte der großen blonden Frau mit den ängstlichen blauen Augen zu, wie sie Sätze im Singsang eines anderen Kontinents sprach. Sie hörte die Kirchenglocken im Dorf läuten, und sie hörte jemanden seufzen. Als sie aufblickte, musste sie sich zusammennehmen, um nicht zum zweiten Mal an diesem Morgen die Fassung zu verlieren. Madeleine Sheridan saß wie immer auf ihrem Balkon und starrte sie feindselig an, als suche sie das Meer nach einem Hai ab. Das war zu viel. Kitty sprang auf und drohte der schemenhaften Gestalt, die dort oben ihren Morgentee nahm, mit der Faust.

»Hören Sie verdammt noch mal auf, mich ständig zu beobachten. Ich warte immer noch darauf, dass Sie mir meine Schuhe bringen, Dr. Sheridan. Haben Sie sie schon gefunden?«

Heimwehkrank und nicht von dieser Welt

Jürgen schleifte einen aufblasbaren, metergroßen Außerirdischen aus Gummi und mit faltigem Hals in die Küche von Claudes Café. Er hatte ihn am Samstag auf dem Flohmarkt gekauft, und Claude und er führten drei Gespräche gleichzeitig. Claude, der gerade dreiundzwanzig geworden war und wusste, dass er aussah wie Mick Jagger, war der Besitzer des einzigen Cafés im Dorf und hatte vor, es im nächsten Jahr an einen Pariser Immobilienmakler zu verkaufen. Was Claude interessierte, war, warum die Touristen Kitty Finch ein Zimmer angeboten hatten.

Jürgen kratzte sich am Kopf und wiegte seine Rastalocken, um den richtigen Blickwinkel auf diese Frage zu finden. Der Versuch ermüdete ihn, und er kam auf keine Antwort. Claude, der sein schulterlanges, seidenweiches Haar für teures Geld schneiden ließ, damit es aussah, als würde er sich nicht die geringste Mühe mit ihm geben, vermutete, Kitty sei insgeheim von Jürgens Rastalocken abgestoßen, denn sie wusste schließlich, dass sie jederzeit bei ihm übernachten konnte. Gleichzeitig machten sich beide über Mitchell lustig, der auf der Terrasse saß und sich mit Baguette und Marmelade vollstopfte, während er darauf wartete, dass der Lebensmittelladen aufmachte. Der Dicke mit der Sammlung alter Pistolen ließ nicht nur im Café anschreiben, sondern auch im Lebensmittelladen,

den Claudes Mutter betrieb. Mitchell war dabei, Claudes ganze Familie in den Ruin zu treiben. Unterdessen erklärte Jürgen den Plot des Films *E. T.*, während Claude Kartoffeln schälte. Jürgen schnappte sich den Zigarettenstummel, den sein Freund zwischen den dicken Lippen hielt, zog daran und versuchte sich an den Film zu erinnern, den er vor drei Jahren in Monaco gesehen hatte.

»E. T. ist so ein außerirdisches Baby, das sich auf die Erde verirrt hat, drei Millionen Lichtjahre weit weg von zu Hause. Er freundet sich mit einem zehnjährigen Jungen an, und mit der Zeit entsteht eine ganz besondere Verbindung zwischen den beiden.«

Claude zwinkerte dem kleinen Außerirdischen in seiner Küche anzüglich zu. »Was für eine Verbindung?«

Jürgen wiegte seine Rastalocken jetzt über einer frisch gebackenen Birnentarte, die zum Abkühlen unter dem Küchenfenster stand, als versuche er sich einen Plot ins Gedächtnis zu rufen, den er längst vergessen hatte.

»Also … Wenn E. T. krank ist, wird auch der Junge krank, wenn E. T. Hunger hat, kriegt auch der Erdenjunge Hunger, und wenn E. T. müde oder traurig ist, leidet der Erdenjunge mit. Der Außerirdische und sein Freund stehen über ihre Gedanken miteinander in Kontakt. Sie sind geistig miteinander verbunden.«

Claude verzog das Gesicht, weil Mitchell nach einem weiteren Korb Baguettes und einem Stück von der Birnentarte rief, die neu auf der Speisekarte war. Er verstehe einfach nicht, warum der Dicke nie Geld dabeihabe, obwohl er in der luxuriösen Villa wohne. Seine Schulden türmten sich zum Himmel. »Na, egal. Also wie geht *E. T.* aus?«

Jürgen, der meist zu bekifft war, sich an irgendetwas zu erinnern, hatte in der Ferne gerade Joe Jacobs entdeckt, der zwischen den in den Bergen grasenden Schafen herumlief. Aus irgendeinem Grund konnte er sich an jeden einzelnen Satz erinnern, den das außerirdische Baby im Film sagt. Das müsse daran liegen, dachte er, dass auch er ein Fremdling war, ein deutscher Naturbursche, der in Frankreich lebte. Er erklärte, dass E.T. sich von dem Jungen losreißen muss, weil er ihm nicht wehtun will und Angst hat, er könnte sonst zu krank werden. Und dann findet er einen Weg, auf seinen Heimatplaneten zurückzukehren.

Jürgen stupste Claude an und zeigte auf den englischen Dichter in der Ferne. Es sah aus, als würde er vor etwas Unsichtbarem salutieren, denn er hatte die Finger an die Stirn gelegt. Claude mochte den Dichter ganz gerne, weil er immer viel Trinkgeld gab und irgendwie eine hinreißende, langbeinige Tochter zustande gebracht hatte, die Claude höchstpersönlich auf einen Aperitif ins Café eingeladen hatte. Bis jetzt war sie noch nicht auf das Angebot zurückgekommen, aber er gab die Hoffnung nicht auf, denn wenn man die aufgebe, hatte er zu Jürgen gesagt, was blieb einem dann noch im Leben?

»Er ist abergläubisch, er hat gerade eine Elster gesehen. Er ist berühmt. Wärst du gerne berühmt?«

Jürgen nickte. Und dann schüttelte er den Kopf und genehmigte sich einen Schluck aus einer mit grüner Flüssigkeit gefüllten Flasche, die neben dem Speiseöl stand.

»Ja. Manchmal denke ich, dass es toll wäre, wenn ich kein Hausmeister mehr wäre und alle mir in den Arsch kriechen würden. Aber es gibt da ein Problem. Ich hab nicht die nötige Energie, berühmt zu sein. Ich hab zu viel um die Ohren.«

Claude zeigte auf den Dichter, der noch immer Elstern zu salutieren schien.

»Vielleicht hat er Heimweh. Er will nach Hause auf seinen Planeten.«

Jürgen gurgelte mit der grünen Flüssigkeit, bei der es sich, wie Claude wusste, um Minzsirup handelte. Jürgen war geradezu süchtig danach, so wie manche Leute süchtig nach Absinth waren, der die gleiche feengrüne Farbe hatte.

»Nein. Er geht nur Kitty Ket aus dem Weg. Er hat Kets Ding nicht gelesen und geht ihr deshalb aus dem Weg. Die Ket ist wie E.T. Sie glaubt, mit dem Dichter geistig in Verbindung zu stehen. Er hat ihr Ding nicht gelesen, und sie wird traurig sein, und ihr Blutdruck wird in die Höhe schnellen, und dann wird sie mit den Pistolen des Dicken alle umbringen.«

Montag

Der Fallensteller

Mitchell lag schwitzend auf dem Rücken. Es war drei Uhr morgens, und er war gerade aus einem Albtraum mit einem Tausendfüßler aufgewacht. Er hatte ihn mit einem Tranchiermesser zerhackt, aber die beiden Hälften waren wieder nachgewachsen. Je mehr er auf die Tausendfüßler einhackte, desto mehr wurden es. Sie wanden sich um seine Füße. Er steckte bis über beide Ohren in Tausendfüßlern, und die Klinge seines Messers war voller Schleim. Sie krabbelten in seine Nasenlöcher und versuchten, in seinen Mund zu gelangen. Als er aufwachte, überlegte er, ob er Laura erzählen sollte, dass sein Herz so schnell und heftig schlug, dass er fürchte, gleich einen Herzinfarkt zu bekommen. Laura lag friedlich schlafend auf der Seite, ihre Füße ragten aus dem Bett. Kein Bett der Welt war lang genug für Laura. Ihr Bett in London war eine Sonderanfertigung eines dänischen Schiffsbauers, die lang genug für sie und breit genug für ihn war. Es nahm das ganze Zimmer in Beschlag und erinnerte an eine im Teich eines städtischen Parks auf Strand gelaufene Galeone. Etwas krabbelte an der weißen Wand entlang auf ihn zu. Er schrie auf.

»Was ist los, Mitch?« Laura setzte sich auf und legte ihrem Mann die Hand auf die sich heftig hebende Brust.

Er deutete auf das Ding an der Wand.

»Es ist nur ein Nachtfalter, Mitchell.«

Und tatsächlich breitete er die grauen Flügel aus und flog durchs Fenster ins Freie.

»Ich hatte einen Albtraum«, ächzte er. »Einen furchtbaren, schrecklichen Albtraum.«

Sie drückte seine heiße, verschwitzte Hand. »Schlaf weiter. Morgen früh geht's dir besser.« Sie zog die Bettdecke über die Schulter und legte sich wieder hin.

An Weiterschlafen war nicht zu denken. Mitchell stand auf und ging nach oben in die Küche, wo er sich am sichersten fühlte. Er machte den Kühlschrank auf und nahm sich eine Flasche Wasser. Als er die Flasche an die Lippen setzte und gierig das eiskalte Wasser trank, fühlte er sich genauso in tausend Stücke gehackt wie der Tausendfüßler. Er hob den schmerzenden Kopf und sah etwas auf dem Küchenboden liegen. Es war die Falle, die er der Ratte gestellt hatte. Er hatte etwas gefangen. Er schluckte schwer und ging langsam darauf zu.

Ein kleines Tier lag mit dem Rücken zu ihm auf der Seite, aber es war keine Ratte. Er erkannte das Tier. Es war Ninas brauner Stoffhase, dessen langes Schlappohr unter dem Draht eingeklemmt war. Er sah den zerzausten weißen Schwanzpuschel und das an der Innenseite des Hinterlaufs festgenähte schmuddelige Etikett. Auch die grüne Satinschleife um seinen Hals hatte sich irgendwie im Draht verfangen. Er merkte, wie ihm der

Schweiß ausbrach, als er sich hinabbeugte, um ihn aus der Falle zu befreien, und dann einen Schatten auf dem Fußboden bemerkte. Er war nicht allein. Jemand war in die Villa eingebrochen, und er hatte seine Pistolen nicht dabei. Selbst seine antike persische Pistole mit dem Ebenholzschaft würde genügen, um den Einbrecher in die Flucht zu schlagen.

»Hallo, Mitchell.« Kitty Finch lehnte nackt an der Wand und sah ihm dabei zu, wie er sich abmühte, damit seine Finger nicht in seine eigene Falle gerieten. Sie knabberte an dem Stück Schokolade, das er für die Ratte ausgelegt hatte, und hatte die Arme über den Brüsten verschränkt.

»Ab jetzt nenne ich dich den Fallensteller. Aber ich habe alle Eulen vor dir gewarnt.«

Er presste die Hand auf sein pochendes Herz und starrte in ihr blasses, selbstgerechtes Gesicht. Er würde sie erschießen. Wenn er seine Waffen dabeihätte, würde er es tun. Er würde auf ihren Magen zielen. Er stellte sich vor, wie er die Pistole auf sie richtete, und überlegte sich den Moment, in dem er abdrücken würde. Die glasigen grauen Augen weit aufgerissen, würde sie mit einem blutenden Loch im Bauch zu Boden gehen. Er blinzelte und sah, dass sie noch immer an die Wand gelehnt dastand und höhnisch das Stück Schokolade in der Hand hielt, das er so sorgfältig in die Falle gelegt hatte. Sie sah dürr und erbärmlich aus, und ihm wurde bewusst, dass er sie erschreckt hatte.

»Tut mir leid, dass ich so unvermittelt hier hereinkomme.«

»Mmh.« Sie nickte, als wären sie plötzlich die besten

Freunde. »Du hast mir ganz schön Angst eingejagt, aber ich hatte sowieso Angst.«

Er war selbst erschrocken. Einen Augenblick lang erwog er ernsthaft, ihr von seinem Albtraum zu erzählen.

»Warum bringst du Vögel und andere Tiere um, Mitchell?«

Mit ihrer schmalen Taille und den langen, im Dunkeln schimmernden Haaren sah sie geradezu schön aus, aber auch ziemlich abgerissen, fast wie eine obdachlose Bettlerin vor einem Bahnhof mit einem »Ich habe Hunger«-Schild.

»Es lenkt mich ab«, hörte er sich sagen, als ob er es ernst meine, und er meinte es ernst.

»Von was?«

Wieder überlegte er, ihr von einigen Sorgen zu erzählen, die so schwer auf ihm lasteten, nahm sich aber gerade noch rechtzeitig zusammen. Er konnte doch nicht einfach losschießen und einer Verrückten wie ihr alles Mögliche erzählen.

»Du bist total verkorkst, Mitchell. Hör auf, Leben auszulöschen, dann geht es dir besser.«

»Hast du kein Zuhause?« Er dachte eigentlich, er habe das nett gemeint, aber selbst für seine Ohren klang es wie eine Beschimpfung.

»Na ja, ich wohne zurzeit bei meiner Mutter, aber das ist nicht mein Zuhause.«

Während sie sich hinkniete, um ihm dabei zu helfen, den schmuddeligen Spielzeughasen zu befreien, der seine Falle absolut lächerlich erscheinen ließ, konnte er nicht mehr nachvollziehen, wie er hatte glauben können, jemand, der so traurig war wie sie, könne gefährlich sein.

»Weißt du was?« Diesmal war Mitchell sich sicher, dass er es wirklich nett meinte. »Wenn du öfter mal was anziehen und nicht ständig im Evakostüm rumlaufen würdest, sähst du wesentlich normaler aus.«

Weggezaubert

Ninas Verschwinden wurde erst um sieben Uhr morgens entdeckt, als Joe nach ihr rief, weil er seinen Lieblingstintenfüller verlegt hatte. Seine Tochter war diejenige, die ihn immer wiederfand, egal zu welcher Tages- oder Nachtzeit, ein Drama, dessen Zeugin Laura im Lauf dieses Urlaubs bereits mindestens zwölf Mal geworden war. Jedes Mal, wenn Nina ihrem herumschreienden, untröstlichen Vater den Füller triumphierend zurückbrachte, schlang er die Arme um sie und brüllte melodramatisch »Danke danke danke«. Oft in mehreren Sprachen: Polnisch, Portugiesisch, Deutsch. Gestern war es: *»Grazie grazie grazie.«*

Niemand konnte glauben, dass Joe so früh am Morgen ernsthaft nach seiner Tochter rief, weil er seinen Füller nicht fand, aber genau das tat er, und Nina antwortete nicht. Isabel ging ins Zimmer ihrer Tochter und sah, dass die Türen zu ihrem Balkon weit offen standen. Sie zog mit einem Ruck die Bettdecke weg, in der Erwartung, dass sie sich darunter versteckt habe. Nina war nicht darunter, und das Betttuch war blutbefleckt. Als Laura Isabel schluchzen hörte, eilte sie ins Zimmer, wo ihre Freundin auf das Bett zeigte, während seltsame, halb erstickte Laute aus ihrem Mund kamen. Sie war blass, totenbleich, und sagte Wörter, die für Laura wie »Knochen« oder »Haar« oder »Sie ist nicht da« klangen; es war schwer, sich irgendeinen Reim auf das zu machen, was sie hervorpresste.

Laura schlug vor, sie sollten gemeinsam im Garten nach Nina suchen, und bugsierte sie zur Tür hinaus. Kleine Vögel stießen herab, um vom reglosen grünen Wasser des Pools zu trinken. Auf Mitchells großem blauen Stuhl krabbelten die Ameisen über eine Schachtel schmelzender Kirschpralinen vom Vortag. Über die Segeltuchstühle waren zwei nasse Handtücher drapiert, und zwischen ihnen, wie ein unterbrochenes Gespräch, stand der Holzstuhl, den Isabel für Kitty Finch angeschleppt hatte. Darunter lag Joes schwarzer Tintenfüller.

Alles sah aus wie gestern und doch ganz anders. Sie gingen durch die Zypressen hindurch in den verdorrten Garten. Es hatte seit Monaten nicht geregnet, und Jürgen hatte vergessen, die Pflanzen zu gießen. Die Heckenkirsche vertrocknete, und der Boden unter dem braunen Gras war hart und rissig. Unter der größten Pinie sah Laura Ninas nassen Bikini auf den Piniennadeln liegen. Als sie sich bückte und ihn aufhob, konnte selbst sie sich des Gedankens nicht erwehren, dass die auf den Stoff aufgedruckten Kirschen wie Blutstropfen aussahen. Ihre Finger tasteten in der Hosentasche nervös nach dem kleinen Taschenrechner, den sie und Mitchell eingepackt hatten, um ihre Buchhaltung zu machen.

»Nina ist nichts passiert, Isabel.« Sie ließ ihre Finger über die Tasten gleiten, als ob die Ziffern und Symbole, die sie dort wusste, das M+ und das M-, das x und der Dezimalpunkt, in der Summe irgendwie Nina wieder auftauchen lassen könnten. »Wahrscheinlich macht sie einen Spaziergang. Ich meine, sie ist vierzehn, es wird sie ja wohl kaum jemand« – beinahe hätte sie gesagt »abgeschlachtet haben«, aber sie überlegte es sich anders und sagte stattdessen »weggezaubert haben …«.

Sie brachte den Satz nicht zu Ende, weil Isabel so schnell und entschlossen durch die Zypressen davonrannte, dass die Bäume minutenlang zitterten. Laura verfolgte das kurzzeitige Chaos, das die Bäume erfasst hatte. Es war, als wären sie aus dem Gleichgewicht und wüssten nicht recht, wie sie zu ihrer ursprünglichen Gestalt zurückfinden sollten.

Mütter und Töchter

In Kittys Zimmer war es dunkel und heiß, weil die Fenster geschlossen und die Vorhänge zugezogen waren. Auf dem Boden lag ein Paar schmuddeliger Flipflops auf einem wirren Knäuel trocknenden Unkrauts. Kittys rotes Haar floss über ein klumpiges, fleckiges Kissen, die sommersprossigen Arme hatte sie um Nina geschlungen, die sich an den Plüschhasen klammerte, das letzte, verschmähte Band zu ihrer Kindheit. Isabel wusste, dass Nina wach war und sich unter dem, was aussah wie ein Leichentuch, offenbar jedoch eine gestärkte Tischdecke war, nur schlafend stellte.

»Nina, steh auf.« Isabels Ton war schärfer als beabsichtigt.

Kitty öffnete ihre grauen Augen und flüsterte: »Nina hat heute Nacht ihre Periode bekommen und ist deshalb zu mir ins Bett geschlüpft.«

Die beiden Mädchen lagen schläfrig und zufrieden Arm in Arm. Isabel fiel auf, dass die zerfledderten Bücher, die Kitty ins Regal gestellt hatte, etwa sechs, alle von ihrem Mann waren. Daneben standen zwei pinkfarbene Rosenknospen in einem Wasserglas. Rosen, die nur im Vorgarten von Madeleine Sheridan gepflückt worden sein konnten, ihrem Versuch, sich in Frankreich etwas zu erschaffen, was sie an England erinnerte.

Sie dachte an Kittys eigenartige Bemerkung von gestern Morgen, nachdem sie zusammen geschwommen waren: »Mehr als alles andere sind Joes Gedichte für mich ein Zwiegespräch mit mir.« Welche Art von Zwiesprache hielt Kitty Finch mit ihrem Mann? Sollte sie darauf beharren, dass ihre Tochter aufstand und dieses Zimmer, das heiß wie ein Treibhaus war, verließ? Kitty heizte den Raum offenbar auf, damit ihre Pflanzen schneller wuchsen. Sie hatte sich eine kleine, heiße, chaotische Welt erschaffen, voller Bücher und Obst und Blumen, ein Staat im Staate der Ferienvilla mit ihren ungeschickt gerahmten Matisse- und Picasso-Drucken. Zwei dicke Hummeln krabbelten auf der Suche nach einem offenen Fenster die gelben Vorhänge entlang. Der Schrank stand offen, und Isabel sah in der Ecke ein kurzes weißes Federcape hängen. Schlank und hübsch, wie sie war, schien Kitty Finch mit ihren Flipflops und ihren abgerissenen Sommerkleidern überall heimisch werden zu können. Sollte sie darauf beharren, dass Nina aufstand und in ihr sauberes, einsames Zimmer oben zurückkehrte? Es kam ihr ziemlich grausam vor, sie Kittys Armen zu entreißen. Sie beugte sich hinab und küsste ihre Tochter auf die dunkle Augenbraue, die kaum merklich zuckte.

»Komm mal bei mir vorbei, wenn du wach bist.«

Nina hielt die Augen besonders fest geschlossen. Isabel schloss die Tür.

Als Isabel in die Küche kam, erzählte sie Jozef und Laura, Nina schlafe bei Kitty.

»Ah. Dachte ich mir schon.« Ihr Mann kratzte sich im Nacken und verschwand in den Garten, um seinen Füller zu holen, der, wie er von Laura erfuhr, »unter Kittys

Stuhl« lag. Er hatte sich einen weißen Kissenbezug um die nackten Schultern gelegt und sah aus wie ein selbst ernannter Guru. Er tat das, damit er sich beim Schreiben in der Sonne keinen Sonnenbrand holte, aber es machte Laura trotzdem rasend. Als sie das nächste Mal einen Blick nach draußen warf, untersuchte er die goldene Feder, als wäre sie irgendwie beschädigt. Sie öffnete den Kühlschrank. Mitchell wollte ein Stück alten Käse, um die braune Ratte zu fangen, die er in der Nacht durch die Küche flitzen gesehen hatte. Sie hatte die Salami durchgeknabbert, die an einem Haken über der Spüle gehangen hatte, und er hatte sie wegwerfen müssen. Mitchell war eigentlich gar nicht so empfindlich, aber er war empört, dass diese Parasiten die leckeren Happen verschlangen, die er von seinem sauer verdienten Geld gekauft hatte. Er nahm es persönlich, so als würden die Ratten langsam, aber sicher ein Loch in seine Brieftasche fressen.

Väter und Töchter

Seine verlorene Tochter schlief also in Kittys Bett. Joe saß im Garten an seinem Behelfsschreibtisch, wartete darauf, dass die Panik sich legte, in der er sich mit den Fingern den Nacken aufgekratzt hatte, und beobachtete, wie seine Frau drinnen in der Villa mit Laura redete. Sein Atem war völlig aus dem Rhythmus; er rang nach Luft. Dachte er, dass Kitty Finch, die Seroxat abgesetzt hatte und sicherlich einiges durchmachte, durchgedreht war und seine Tochter umgebracht hatte? Seine Frau kam jetzt zwischen den Zypressen hindurch auf ihn zu. Seine Beine zuckten, als wollte ein Teil von ihm vor ihr weglaufen oder vielleicht zu ihr hin. Er wusste beim besten Willen nicht, was von beidem. Er konnte versuchen, Isabel etwas zu erzählen, aber er wusste nicht, wo er anfangen sollte, weil er nicht wusste, wo das hinführen würde. Es gab Zeiten, da hatte er das Gefühl, dass sie ihm kaum in die Augen schauen könne, ohne ihr Gesicht in den Haaren zu vergraben. Und er konnte ihr ebenso wenig in die Augen schauen, weil er sie schon so oft betrogen hatte. Vielleicht sollte er jetzt wenigstens versuchen, ihr zu sagen, dass er immer dann, wenn sie ihre kleine Tochter alleine ließ, um sich in ein Zelt zu legen, in dem es vor Skorpionen wimmelte, sehr gut verstand, dass sie es als sinnvoller empfand, in einem Kriegsgebiet unter Beschuss zu geraten, als im sicheren eigenen Heim von ihm angelogen zu werden. Gleichwohl wusste er, wie sich seine Tochter in den ersten Jahren die Augen nach ihr ausgeweint und dann im Lauf der Zeit gelernt hatte, dass sie davon auch nicht zurückkam. Bei ihm, ihrem Vater, wiederum (dieses Thema ging ihm immer und immer wieder im Kopf herum) löste die Traurigkeit seiner Tochter Gefühle aus, mit denen er nicht in Würde umzugehen vermochte. Er hatte seinen Lesern davon erzählt, wie er von seinen Vormündern auf ein Internat geschickt worden war und wie er immer zugesehen hatte, wenn die Eltern seiner Schulfreunde sich am Besuchstag (sonntags) verabschiedeten, und wenn seine Eltern ihn ebenfalls besucht hätten, dann wäre er ewig in den Reifenspuren stehen geblieben, die ihr Auto im Staub hinterlassen hätte. Seine Mutter und sein Vater waren keine nachmittäglichen, sondern nächtliche Besucher. Sie erschienen ihm in Träumen, die er sofort wieder vergaß, aber er glaubte, dass sie ihn suchten. Am meisten Sorgen hatte ihm der Gedanke gemacht, die beiden könnten nicht genügend englische Wörter kennen, um sich verständlich zu machen. Ist mein Sohn Jozef hier? Wir haben ihn auf der ganzen Welt gesucht. Er hatte sich die Augen nach ihnen ausgeweint und dann im Lauf der Zeit gelernt, dass sie davon auch nicht zurückkamen. Er schaute seine kluge, sonnengebräunte Frau an, deren Gesicht von ihren dunklen Haaren verdeckt war. Dieses Gespräch könnte etwas ins Rollen oder zu Ende bringen, aber es begann völlig verkehrt, war viel zu ziellos und verkorkst. Er hörte sich fragen, ob sie gerne Honig esse.

»Ja. Warum?«

»Weil ich so wenig über dich weiß, Isabel.«

Er würde seine Pranke in sämtliche Hohlräume aller Bäume dieser Welt stecken, um die Honigwaben herauszuholen und sie ihr zu Füßen zu legen, wenn er die Hoffnung hätte, sie würde dann noch ein wenig länger bei ihm und ihrem Nachwuchs bleiben. Sie wirkte feindselig und einsam, und er verstand sie gut. Er widerte sie offenbar an. Sie zog seiner Gesellschaft sogar die von Mitchell vor.

Er hörte sie sagen: »Worauf wir uns für den Rest des Sommers vor allem konzentrieren müssen, ist, dass es Nina gut geht.«

»Natürlich geht es Nina gut«, schnauzte er. »Ich kümmere mich um sie, seitdem sie drei ist, und es geht ihr verdammt gut, oder etwa nicht?«

Und dann holte er sein Notizbuch und den schwarzen Tintenfüller hervor, der am Morgen verschwunden gewesen war, denn er wusste, dass Isabel sich jedes Mal, wenn er so tat, als ob er schreibe, und jedes Mal, wenn er über ihre Tochter sprach, geschlagen gab. Das waren die Waffen, mit denen er seine Frau zum Schweigen brachte und dafür sorgte, dass sie Teil seines Lebens blieb, dass ihre Familie intakt blieb, voller Probleme und Feindseligkeit zwar, aber doch eine Familie. Seine Tochter war sein großer Triumph in ihrer Ehe, das Einzige, was er je richtig gemacht hatte.

– *Ja Ja Ja hat sie gesagt Ja Ja Ja sie mag Honig* – sein Füller kritzelte diese Worte aggressiv quer über die Seite, während er einen weißen Schmetterling beobachtete, der über dem Pool auf der Stelle flatterte. Es war wie Atem holen. Es war Zauberei. Ein Wunder. Er und seine Frau wussten Dinge, die völlig unbegreiflich waren. Sie hatten beide gesehen, wie Leben ausgelöscht wurde. Isabel dokumentierte und bezeugte Katastrophen, damit die Menschen nicht vergaßen. Er hingegen versuchte, seine Erinnerungen loszuwerden.

Steine sammeln

Er hat ein Loch in der Mitte.«

Kitty hielt einen handtellergroßen Kieselstein hoch und gab ihn Nina, damit sie hindurchschauen konnte. Sie saßen an einem der öffentlichen Strände von Nizza, unterhalb der Promenade des Anglais. Kitty sagte, an Privatstränden müssten sie für Sonnenliegen und Sonnenschirme ein Vermögen bezahlen. Alle sähen aus wie Patienten in Krankenhausbetten. Sie kriege schon eine Gänsehaut, wenn sie nur daran denke. Die sengende Sonne hinterließ pinkfarbene Flecken auf ihrem wachsbleichen Gesicht.

Nina schaute folgsam durch das Loch. Sie sah eine junge Frau lächeln, in deren Schneidezahn ein lila Edelstein geschraubt war. Als sie den Kieselstein umdrehte, packte die Frau aus einer Tragetasche Essen aus. Jetzt sah sie noch eine weitere Frau, die auf einem niedrigen, gestreiften Segeltuchstuhl saß und in der rechten Hand einen großen weißen Hund an der Leine hielt. Der Hund sah aus wie ein Schneewolf. Ein Husky mit blauen Augen. Nina blickte ihm durch das Loch im Kieselstein in die blauen Augen. Sie war sich nicht sicher, aber sie dachte, der Schneewolf ziehe der Frau mit dem Edelstein im Zahn die Schuhbänder auf. Nina sah das alles bruchstückhaft durch das Loch im Kieselstein. Als sie noch einmal hinschaute, sah sie, dass die Frau im schwarzen

T-Shirt nur einen Arm hatte. Sie nahm den Kieselstein quer und spähte mit zusammengekniffenem Auge hindurch. Neben dem Segeltuchstuhl parkte ein mit Muscheln verzierter elektrischer Rollstuhl. Jetzt küssten sich die Frauen. Wie ein Liebespaar. Während sie zusah, wie ihre Körper sich aneinanderschmiegten, hörte Nina, wie ihr eigener Atem lauter wurde. Sie musste schon den ganzen Urlaub daran denken, was sie tun würde, wenn sie einmal mit Claude allein wäre. Er hatte sie eingeladen, zu ihm ins Café zu kommen, »auf einen Aperitif«, wie er es nannte. Sie wusste nicht genau, was das war, aber jetzt war sowieso etwas passiert, wodurch nichts mehr wie vorher war.

Als sie letzte Nacht aufgewacht war, hatte sie gemerkt, dass sie zum ersten Mal menstruierte. Sie hatte ihren ganzen Mut zusammengenommen, ihren Bikini angezogen, das Einzige, was sie auf die Schnelle fand, und bei Kitty geklopft, um ihr die Neuigkeit zu erzählen. Kitty lag unter einer alten Tischdecke wach und hatte eines ihrer Kleider zu einem Kissen aufgerollt.

»Es hat angefangen.«

Zuerst wusste Kitty nicht, was sie meinte. Und dann nahm sie Nina an die Hand, und sie rannten in den Garten. Nina sah ihren Schatten im Pool und gleichzeitig am Himmel. Sie war lang und groß, unendlich und ohne Anfang, ihr Körper lang gestreckt und riesenhaft. Sie wollte schwimmen gehen, und als Kitty ihr versicherte, sie müsse sich wegen des Blutes keine Sorgen machen, nahm sie ihren ganzen Mut zusammen und zog sich nackt aus, wobei sie ihren Schattenzwilling die Schleife des Bikinis tapferer aufmachen sah, als die Nina in Lebensgröße sich tatsächlich fühlte. Schließlich sprang sie in den Pool und versteckte sich unter der Blätterdecke, die auf dem Wasser schwamm, unsicher, was sie mit ihrem neuen Körper anfangen sollte, denn er war dabei, sich in etwas Fremdes und Verwirrendes zu verwandeln.

Kitty kam herübergeschwommen und zeigte auf die silbernen Schnecken auf den Pflastersteinen. Der Sternenstaub lege sich auf alles, sagte sie. Die Schnecken seien mit kleinen Stücken zerbrochener Sterne übersät. Und dann musste sie blinzeln.

Blah blah blah blah blah blinzeln.

Nina stand nackt im Wasser und tat, als hätte sie eine schwere Sprachstörung, indem sie in ihrem Kopf stammelnde Laute formte. Sie fühlte sich wie jemand anderes. Wie eine, bei der es angefangen hat. Wie eine Fremde. Sie war unerträglich glücklich und tauchte den Kopf unter Wasser, zur Feier des Wunders, dass Kitty hier aufgetaucht war. Sie war nicht allein mit Laura und Mitchell und mit ihrer Mutter und ihrem Vater, von denen sie nicht recht wusste, ob sie sich mochten, geschweige denn liebten.

Nina warf den Kieselstein ins Meer, was Kitty offenbar ärgerte. Sie stand auf und riss auch Nina unsanft mit sich hoch.

»Ich muss noch mehr Kieselsteine sammeln. Der, den du gerade weggeworfen hast, war perfekt.«

»Für was brauchst du die?«

»Ich will sie untersuchen.«

Nina humpelte, weil ihre Turnschuhe an den Blasen an

ihren Fersen rieben. »Die sind zu schwer«, stöhnte sie. »Lass uns fahren.«

Kitty schwitzte, und ihr Atem roch süßlich.

»Tja, also, tut mir leid, dass ich deine Zeit verschwende. Hast du jemals einen Boden gewischt, Nina? Bist du je mit einem Putzlappen auf Händen und Knien herumgekrochen, während deine Mutter dich angeschrien hat, du sollst die Ecken nicht vergessen? Hast du je die Treppe gesaugt und den Abfall rausgebracht?«

Das verhätschelte Mädchen in den teuren Shorts (sie hatte das Etikett gesehen), bei dem jede gespaltene Haarspitze sofort abgeschnitten wurde, hatte es offensichtlich geschafft, vierzehn Jahre alt zu werden, ohne einen Finger zu rühren.

»Du brauchst ein paar echte Probleme, die du mit heimnehmen kannst, in euer nobles Haus in London.«

Sie schleuderte den Rucksack voller Kieselsteine auf den Strand und marschierte in ihrem butterfarbenen Kleid, von dem sie sagte, es mache sie besonders fröhlich, ins Meer. Nina sah zu, wie sie sich kopfüber in eine Welle stürzte. Das Haus in London, von dem Kitty gesprochen hatte, war gar nicht so heimelig. Ihr Vater immerzu in seinem Arbeitszimmer. Ihre Mutter immerzu unterwegs, ihre Schuhe und Kleider im Schrank aufgereiht wie die einer Toten. Als sie sieben war und ständig Nissen in den Haaren hatte, da hatte das Haus nach den Zaubertränken gerochen, die sie aus den Gesichtscremes ihrer Mutter und dem Rasierschaum ihres Vaters mischte. Doch das große Haus im Londoner Westen roch auch noch nach anderen Dingen. Nach den Freundinnen ihres Vaters und ihren verschiedenen

Shampoos. Und nach dem Parfum ihres Vaters, das eine Frau aus Zürich für ihn mischte, die einen Mann geheiratet hatte, der in Bulgarien zwei Turnierpferde besaß. Er sagte, ihre Parfums »öffneten ihm den Sinn«, vor allem sein Lieblingsparfum, das *Hungary Water* hieß. Das noble Haus roch nach seinem Sonderstatus und nach den Betttüchern, die er immer in die Waschmaschine steckte, wenn seine Freundinnen am Morgen gegangen waren. Und nach der Aprikosenmarmelade, die er direkt aus dem Glas löffelte. Die Marmelade lasse in ihm das Wetter umschlagen, sagte er, aber sie hatte keine Ahnung, wie das Wetter überhaupt gewesen war.

Mehr oder weniger wusste sie es schon. Manchmal, wenn sie in sein Arbeitszimmer kam, dachte sie, dass er irgendwie ein trauriges Bild abgab, in seinen Morgenmantel versunken, stumm und reglos, als drücke ihn etwas nieder. Sie hatte sich daran gewöhnt, dass es Tage gab, an denen er gebeugt auf seinem Stuhl saß und sich nächtelang weigerte, sie anzuschauen oder auch nur aufzustehen. Sie machte dann die Tür zu seinem Arbeitszimmer zu und brachte ihm gelegentlich eine Tasse Tee, die er nie anrührte, denn wenn sie den Kopf durch die Tür steckte und ihn um Geld fürs Mittagessen bat oder um eine Unterschrift auf der Einverständniserklärung für eine Klassenfahrt, stand die Tasse (der Tee von einer schleimigen, beigen Haut überzogen) noch immer auf demselben Fleck. Am Ende unterschrieb sie alles selbst mit seinem Tintenfüller, deshalb wusste sie auch immer, wo er war, für gewöhnlich unter ihrem Bett oder auf dem Kopf stehend im Bad bei den Zahnbürsten. Sie hatte eine

Unterschrift entwickelt, die sie jederzeit reproduzieren konnte, J.H.J. mit einem Punkt zwischen den Buchstaben und einem Kringel am letzten J. Meistens besserte sich seine Laune nach einer gewissen Zeit, und er ging mit ihr ins Angus Steakhaus, wo sie sich auf dieselbe ausgebleichte rote Polsterbank setzten wie immer. Über seine eigene Kindheit oder seine Freundinnen sprachen sie nie ein Wort. Es war weniger eine unausgesprochene, geheime Vereinbarung, eher wie ein klitzekleiner Glassplitter in ihrer Fußsohle, immer da, ein wenig schmerzhaft, aber sie konnte damit leben.

Als Kitty mit tropfnassem Kleid zurückkam, sagte sie etwas, aber der Husky bellte gerade einer Möwe nach. Nina sah nur, dass sich Kittys Lippen bewegten, und ein dumpfer Schmerz in ihr sagte ihr, dass sie immer noch verärgert war oder irgendetwas nicht stimmte. Auf dem Weg zum Auto sagte Kitty: »Ich treffe mich morgen mit deinem Vater in Claudes Café. Er wird mit mir über mein Gedicht reden. Nina, ich bin so nervös. Ich hätte mir für den Sommer einen Job in einem Pub in London besorgen und mir das Ganze hier sparen sollen. Ich hab keine Ahnung, was passieren wird.«

Nina hörte nicht hin. Sie hatte gerade einen Jungen in silbernen Shorts gesehen, der mit einem Netz Zitronen unter dem sonnengebräunten Arm auf Rollschuhen die Strandpromenade entlangfuhr. Er sah ein bisschen wie Claude aus, aber er war es nicht. Als sie das Kreischen eines Vogels hörte, das für sie nach großen Qualen klang, traute sie sich nicht zum Strand zurückzublicken. Vielleicht hatte der Husky oder Schneewolf die Möwe doch noch erwischt, dachte sie. Vielleicht geschah aber auch etwas ganz anderes, und außerdem hatte sie auf der Promenade gerade die alte Dame von nebenan entdeckt. Sie unterhielt sich mit Jürgen, der eine lila Sonnenbrille mit herzförmigen Gläsern trug. Nina rief ihnen zu und winkte.

»Da ist Madeleine Sheridan, unsere Nachbarin.«

Kitty blickte auf. »Ja, ich weiß. Die boshafte alte Hexe.«

»Ist sie das?«

»Ja. Sie nennt mich Katherine, und sie hätte mich fast umgebracht.«

Nachdem sie das gesagt hatte, tat Kitty etwas so Gruseliges, dass Nina sich einredete, ihre Augen müssten ihr einen Streich gespielt haben. Sie beugte sich nach hinten, bis ihre kupferroten Locken bis zu ihren Kniekehlen reichten, und schüttelte mit unglaublicher Geschwindigkeit ihren Kopf hin und her, während ihre Arme zuckten und in der Luft herumfuchtelten. Nina konnte die Plomben in ihren Zähnen sehen. Und dann hob sie den Kopf und zeigte Madeleine Sheridan den Stinkefinger.

Kitty Finch war verrückt.

Medizinischer Beistand aus Odessa

Madeleine Sheridan versuchte die Tüte karamellisierte Nüsse zu bezahlen, die sie auf der Strandpromenade dem mexikanischen Straßenverkäufer abgekauft hatte. Der Geruch von gebranntem Zucker machte sie gierig auf die Nüsse, und sie hoffte, dass sie daran endlich ersticken würde. Ihre Nägel wurden spröde, ihre Knochen schwach, ihr Haar dünn, und ihre Taille gehörte endgültig der Vergangenheit an. Sie hatte sich im Alter in eine Kröte verwandelt, und wenn irgendjemand mutig genug wäre, sie zu küssen, so würde sie sich nicht in eine Prinzessin zurückverwandeln, denn sie war nie eine gewesen.

»Diese verfluchten Münzen. Was ist das für eine, Jürgen?« Ehe Jürgen antworten konnte, flüsterte sie: »Haben Sie gesehen, wie Kitty Finch diese *Sache* vor mir gemacht hat?«

Er zuckte mit den Schultern. »Klar. Kitty Ket hat Ihnen etwas zu sagen. Aber sie hat jetzt ein paar neue Freunde, die sie aufheitern. Ich muss den Reitausflug für Nina buchen. Die Ket geht mit ihr reiten.«

Sie ließ sich von ihm am Arm nehmen und (ein wenig zu schwungvoll) in eine der Strandbars lotsen. Er war der einzige Mensch, dem sie irgendwelche Details über ihr Leben in England und die Flucht aus ihrer Ehe erzählte. Sie wusste seine Apathie zu schätzen, dadurch war er weniger voreingenommen. Trotz des Altersunterschieds fühlte sie sich in seiner Gesellschaft wohl. Da er nichts anderes zu tun hatte, als auf Kosten anderer und zulasten seines Verstandes zu leben, fühlte sie sich von ihm nie als hoffnungsloser Fall behandelt, sondern stets respektiert – wahrscheinlich, weil er ihr nicht zuhörte.

Heute war sie es, die kaum zuhörte. Das Auftauchen von Kitty Finch war keine gute Nachricht. Das war es, was sie beschäftigte, während sie einem Motorboot hinterhersah, das auf dem hellblauen Meer weiß schäumende Narben zurückließ. Als er einen Tisch im Schatten fand und ihr dabei half, sich auf einen Stuhl zu setzen, der für eine Kröte viel zu klein war, schien er nicht zu merken, dass sie ihren Körper in schmerzhafter Weise würde verbiegen müssen. Es war unachtsam von ihm, aber der Anblick von Kitty Finch hatte sie so durcheinandergebracht, dass sie es ihm nachsah.

Sie versuchte, sich zu beruhigen, indem sie darauf bestand, dass Jürgen seine Sonnenbrille absetzte.

»Man kommt sich vor, als würde man in zwei schwarze Löcher schauen, Jürgen.«

In vier Tagen hatte sie Geburtstag, und jetzt war sie von der Hitze durstig, nachgerade wahnsinnig vor Durst. Auf diese Verabredung zum Mittagessen hatte sie sich schon seit Wochen gefreut. Heute Morgen hatte sie in ihrem Lieblingsrestaurant angerufen, um sich nach der Tageskarte und dem Standort ihres Tisches zu erkundigen und um den Oberkellner zu ersuchen, er möge ihr für ein ordentliches Trinkgeld einen Parkplatz direkt am Eingang freihalten. Sie schrie einen Kellner an, um einen

Whisky zu bestellen und ein Pepsi für Jürgen, der Alkohol aus spirituellen Gründen ablehnte. Für eine alte Frau war es kein Leichtes, die Aufmerksamkeit eines Kellners zu erregen, der vollauf damit beschäftigt war, barbusige, im Stringtanga sonnenbadende Frauen zu bedienen. Sie hatte von Yogameistern gelesen, die in der Lage waren, sich durch eine Kombination aus Konzentration und Meditation unsichtbar zu machen. Irgendwie hatte sie es ohne jedes Training geschafft, ihren Körper für den Kellner durchsichtig erscheinen zu lassen. Sie hob beide Arme und winkte ihm, als wolle sie ein Flugzeug zur Landung auf einer einsamen Insel bewegen. Jürgen deutete auf den Akkordeonspieler aus Marseille, der neben dem blinkenden Flipperkasten auf einer Holzkiste saß. Der Musiker schwitzte in einem schwarzen Anzug, der ihm drei Nummern zu groß war.

»Er spielt heute Nachmittag auf einer Hochzeit. Das hat mir der Imker aus Valbonne erzählt. Wenn ich heiraten würde, würde ich ihn bitten, auch auf meiner Hochzeit zu spielen.«

Madeleine Sheridan nippte an ihrem mühsam erkämpften Whisky und war überrascht, wie schrill seine Stimme plötzlich klang.

»Heiraten ist keine gute Idee, Jürgen.«

Ganz und gar keine gute Idee. Die zwei wichtigsten Wendepunkte ihres Lebens, erzählte sie ihm (wieder einmal), hätten darin bestanden, ihrer Familie den Rücken zu kehren, um Medizin zu studieren, und ihrem Mann den Rücken zu kehren, um nach Frankreich zu ziehen. Sie war zum Schluss gekommen, dass es sie nicht ausfüllte, Peter Sheridan zu lieben, und hatte ein ehrbares, unglückliches Leben gegen das unehrenhafte, unglückliche Leben einer Frau eingetauscht, die sich von der Liebe losgesagt hatte. Nun, da sie ihren Begleiter betrachtete, dessen Stimme völlig unkontrolliert zitterte, schien es ihr, als wolle er in seinem (von zu vielen Zigaretten) ramponierten Herzen einen Bund fürs Leben schließen, seinem Singledasein ein Ende machen, und das war offen gestanden ein Affront.

Es erinnerte sie daran, wie sie einmal in Villefranche am Strand spazieren gegangen waren und gesehen hatten, dass im Hafen eine Hochzeit gefeiert wurde. Die Brautjungfern waren in gelben Taft gekleidet und die Braut in cremefarbenen und gelben Satin. Sie hatte sich lauthals darüber lustig gemacht, und was hatte der Hippie Jürgen gesagt?

»Geben Sie ihnen eine Chance.«

Ebendieser Mann hatte wenige Monate zuvor zu seiner Freundin gesagt, seiner Erfahrung nach spreche nichts dafür, dass Heiraten eine gute Idee sei. Sie glaubte ihm nicht und schleppte ihn in ein argentinisches Grillrestaurant, um ihm einen Heiratsantrag zu machen. Stapelweise duftendes Holz. Dicke Scheiben Rindfleisch, aus der Pampa direkt auf den Rost befördert. Seine Freundin aß sich durch das saftige Fleisch, bis sie irgendwann merkte, dass Jürgen nichts anrührte, und ihr wieder einfiel, dass er ein militanter Vegetarier war. Vielleicht hatte sie zu laut gelacht, als er ihr das erzählt hatte.

»Ich glaube, Kitty Finch will mir etwas antun.«

»Ach, nein«, sagte Jürgen auf Deutsch und legte die Stirn in Falten, als hätte er Schmerzen. »Die Ket, die tut sich nur selber etwas an. Claude hat mich gefragt,

warum Madame Jacobs darauf bestanden hat, dass sie bleibt. Aber ich habe keine Ahnung.«

Sie blickte ihren Freund mit ihren trüben, kurzsichtigen Augen an. »Ich glaube, sie möchte, dass das hübsche, verrückte Mädchen ihren Mann ablenkt, damit sie ihn endlich verlassen kann.«

Jürgen wollte dem Akkordeonspieler plötzlich etwas zu trinken spendieren. Er rief den Kellner und sagte ihm, er solle dem Mann in dem großen Anzug ein Bier anbieten. Madeleine schaute zu, wie der Kellner dem Musiker ins Ohr flüsterte, und versuchte nicht daran zu denken, wie sie vor vier Monaten im Tunnel neben dem Blumenmarkt am Cours Saleya Kitty Finch begegnet war. Die Begegnung war ein weiterer Kandidat für die lange Liste der Dinge, die sie vergessen wollte.

Sie hatte das englische Mädchen mit den feuerroten Haaren gefunden, als sie an einem kühlen Frühlingsmorgen unterwegs war, um zwei Stücke Savon de Marseille zu kaufen, eines aus Palmöl, das andere aus Olivenöl, jeweils vom hiesigen Seifenmeister mit Meerespflanzen vermengt. Kitty saß nackt auf einer Kiste vergammelter Pflaumen, die ein Bauer am Vorabend weggeworfen hatte, und führte Selbstgespräche. Die obdachlosen Männer, die im Tunnel nächtigten, lachten sie aus und machten anzügliche Bemerkungen über ihren nackten Körper. Auf Madeleine Sheridans Frage, was mit ihren Kleidern passiert sei, sagte sie, die lägen am Strand. Madeleine bot an, zum Strand zu fahren und ihre Kleider zu holen. Kitty solle sich nicht vom Fleck rühren und auf sie warten. Und dann werde sie sie zu der Ferienvilla zurückbringen, in der sie wohnte, um Bergpflanzen zu studieren. Kitty wohnte oft dort, wenn Rita Dwighter, für die ihre Mutter putzte, die Villa nicht gerade an Hedgefondsmanager im Ruhestand vermietet hatte. Mrs Finch war Rita Dwighters rechte Hand, ihre Sekretärin und Köchin, in erster Linie jedoch ihre Putzfrau, denn in der rechten Hand hatte sie stets einen Wischlappen.

Kitty Finch bestand darauf, in Ruhe gelassen zu werden, sonst rufe sie die Polizei. Madeleine Sheridan hätte sie einfach da sitzen lassen können, aber das tat sie nicht. Kitty war zu jung, um vor diesen Männern, die mit leeren Augen ihre Brüste anstierten, Selbstgespräche zu führen. Zu ihrer Überraschung überlegte es sich das verrückte Mädchen plötzlich anders. Offenbar hatte sie ihre Jeans, ein T-Shirt und ein Paar Schuhe, ihre Lieblingsschuhe mit den roten Punkten, am Strand gegenüber dem Hotel Negresco liegen lassen. Kitty neigte sich zu ihr hin und flüsterte ihr ins Ohr: »Danke. Ich warte hier, während Sie sie holen.« Madeleine Sheridan war um die Ecke gebogen, und als sie dachte, Kitty könne sie nicht mehr sehen, rief sie einen Krankenwagen.

Ihrer Ansicht nach litt Katherine Finch an psychischer Angst, Gewichtsverlust, Schlafmangel, gesteigerter Erregbarkeit, Selbstmordgedanken, einer pessimistischen Einstellung hinsichtlich der Zukunft und Konzentrationsstörungen.

Der Musiker hob sein Bierglas und prostete dem Mann mit den schmalen Hüften, der mit der alten Frau am Tisch saß, zum Dank zu.

Kitty Finch hatte ihren Anruf überlebt. Ihre Mutter holte sie nach Hause, wo sie zwei Monate in einer Klinik in Kent verbrachte, dem »Garten Englands«. Die Krankenschwestern stammten offenbar aus Litauen, Odessa und Kiew. In ihrer weißen Tracht sahen sie auf dem gemähten grünen Rasen der Klinik aus wie Schneeglöckchen. Das zumindest hatte Kitty Finch ihrer Mutter und Mrs Finch Madeleine erzählt, die erstaunt war zu hören, dass die Krankenschwestern in ihrer Mittagspause alle eine Zigarette nach der anderen rauchten.

***

Jürgen stupste sie mit dem Ellbogen an. Der Akkordeonspieler aus Marseille spielte ein Lied für sie. Sie war zu aufgewühlt, um zuzuhören. Kitty hatte überlebt, und jetzt war sie hier, um sie zu bestrafen. Vielleicht sogar umzubringen. Warum sonst war sie hergekommen? Sie war der Ansicht, dass man Kitty nicht damit betrauen sollte, Nina zum Strand und gefährliche Gebirgsstraßen hinaufzukutschieren. Sie sollte das Isabel Jacobs sagen, aber irgendwie konnte sie sich nicht dazu durchringen. Sie war zwar nur unterwegs gewesen, um Seife zu kaufen, und hatte am Ende einen Krankenwagen gerufen, einen *transport sanitaire*, wie man auf Französisch sagte, hatte aber nicht das Gefühl, eine makellos saubere Weste zu haben. Dennoch, dass sie nackt in der Öffentlichkeit herumlief, vorwärts und dann wieder rückwärts hüpfte und dabei wirr vor sich hin sang, hatte sie um die tiefunglückliche junge Frau fürchten lassen. Man konnte unmöglich glauben, dass jemand nicht aus seiner Verwirrtheit gerettet werden wollte.

Als der Akkordeonspieler Jürgen zunickte, wusste der Hausmeister, dass das Glück ihm hold war. Er würde etwas Haschisch kaufen und mit Claude rauchen, und sie würden der Riviera entfliehen, dem ersehnten Ziel all der Touristen. Er setzte seine lila Sonnenbrille wieder auf und erzählte Madeleine Sheridan, dass er heute sehr, sehr glücklich sei, nur sein Bauch sei ein wenig verkrampft. Er glaube, sein Dickdarm sei verstopft, und das liege daran, dass er seinen Traum nicht gelebt habe. Wovon er träume? Er nahm einen Schluck Pepsi, und erst jetzt fiel ihm auf, dass die englische Ärztin sich für dieses Mittagessen zurechtgemacht hatte. Sie hatte Lippenstift aufgetragen und ihr Haar, oder was davon übrig war, gewaschen und gewellt. Er konnte ihr unmöglich sagen, dass er davon träume, im Lotto zu gewinnen und Kitty Ket zu heiraten.

Dienstag

Lesen und Schreiben

Joe Jacobs lag im »großen Schlafzimmer«, wie es im Merkblatt der Villa hieß, auf dem Rücken und lechzte nach einem Curry. Der Ort, an dem er in diesem Augenblick am liebsten gewesen wäre, war die Werkstatt seines indischen Schneiders in Bethnal Green. Umgeben von Seide. Süßen Tee schlürfend. Was ihm hier in den Seealpen fehlte, war Dal. Reis. Joghurt. Und Busse. Ihm fehlte das Oberdeck von Bussen. Und Zeitungen. Und die Wettervorhersage. Manchmal saß er in seinem Arbeitszimmer im Westen Londons, hatte das Radio an und hörte aufmerksam zu, wie das Wetter in Schottland, Irland und Wales werden würde. Wenn im Westen Londons die Sonne schien, empfand er es als tröstlich zu wissen, dass es in Schottland schneien und in Wales regnen würde. Jetzt würde er sich aufsetzen müssen, anstatt hier herumzuliegen. Schlimmer noch, er würde aufstehen und das große Schlafzimmer nach dem Gedicht von Kitty Finch absuchen müssen. In der Ferne hörte er, wie Mitchell im Garten Hasen schoss. Er kniete sich hin und holte den Umschlag hervor, den er mit einem Fußtritt unters Bett befördert hatte. Er hielt den zerknitterten Umschlag in Händen und starrte eine Zeit lang auf den Titel, der die saubere Handschrift einer Botanikerin erkennen ließ, die geübt darin war, präzise Zeichnungen von Pflanzen anzufertigen und zu beschriften.

Heim schwimmen
von
Kitty Finch

Als er schließlich das darin enthaltene Blatt Papier herausnahm, stellte er überrascht fest, dass seine Hand zitterte, wie die seines Vaters gezittert hätte, wenn er lange genug gelebt hätte, um im hohen Alter noch Kessel zu flicken. Er hielt das Blatt näher vor die Augen und zwang sich, die auf der Seite verschwimmenden Wörter zu lesen. Und dann hielt er das Blatt etwas weiter weg und las sie noch einmal. Er fand keinen Blickwinkel, aus dem sie leichter zu verstehen gewesen wären. Ihre Wörter waren hier und dort und überall, schwammen an den Rändern des rechteckigen Blattes entlang, verschwanden manchmal gänzlich, kamen dann aber mit einer traurigen und endgültigen Botschaft zur Mitte der linierten Seite zurück. Was hoffte sie von ihm zu hören, nachdem er sie gelesen hatte? Er stand vor einem Rätsel. Vor der Villa hatte ein Fischwagen angehalten. Die Stimme aus dem Lautsprecher rief die Namen verschiedener Fischarten aus. Manche waren *grands*, andere *petits*. Manche kosteten sechs Francs, andere dreizehn. Keiner von ihnen war heimgeschwommen. Alle waren unterwegs ins Netz gegangen. Der Tesafilm, mit dem der Umschlag zugeklebt gewesen war, erinnerte ihn an ein Pflaster auf einer Schürfwunde. Er atmete tief ein und ganz langsam aus. Er würde beim Mittagessen mit

Kitty Finch improvisieren müssen. Er vergewisserte sich, dass seine Brieftasche in der Innentasche seines Sakkos steckte, kickte den Umschlag unters Bett und sagte sich wieder einmal, wie sehr er Dienstage hasste. Und Mittwoche, Donnerstage, Freitage etc.

Et cetera.

Ein lateinischer Ausdruck, der so viel bedeutete wie »und so weiter« oder »so fort« oder »alles andere«. Das Gedicht, »Heim schwimmen«, bestand hauptsächlich aus Etc.s; er hatte allein auf der ersten Hälfte der Seite sieben gezählt. Was war das für eine Sprache?

Meine Mutter sagt, ich sei der einzige Zacken in ihrer Krone Aber ich habe sie müde gemacht mit meinen vielen Etc.s Und jetzt geht sie auf Krücken

Wenn er ihre Sprache akzeptierte, so akzeptierte er damit, dass sie ihn, ihren Leser, sehr hoch schätzte. Er wurde gefragt, was er davon halte, und nach seinem Dafürhalten verbarg sich hinter jedem Etc. etwas, was man mit Worten nicht ausdrücken konnte.

Kitty erwartete ihn auf der Terrasse von Claudes Café. Zu seinem Missfallen sah er, dass Jürgen ihr gegenüber am selben Tisch saß. Er spielte anscheinend mit einem Stück Schnur, aus dem er ein Spinnennetz zwischen seinen Fingern webte. Ihm dämmerte, dass Jürgen so etwas wie Kitty Finchs Wachhund war; er bleckte zwar nicht gerade die Zähne, sobald ein Eindringling auftauchte, aber er war sehr fürsorglich und besitzergreifend. Er schien vergessen zu haben, dass sie hier der Eindringling war. Jedenfalls war Jürgen offenbar da, um sicherzustellen, dass, wer immer sich ihr näherte, kein Unbefugter, sondern ein willkommener Besucher war. Er schien ihr nicht allzu viel Zuneigung zu entlocken. Es war, als wüsste sie, dass sie ihn nie streicheln und umarmen und erlauben durfte, in seiner Wachsamkeit nachzulassen.

»Hi, Joe.« Kitty lächelte. Ihre Stirn sah aus, als hätte sie sie an ein heißes Bügeleisen gehalten. Sie war ein Rotschopf, und die Sonne hatte mit ihrer blassen Haut kein Erbarmen gehabt.

Er nickte und klimperte beim Hinsetzen mit den Münzen in seiner Sakkotasche. »Sie sollten Sonnencreme benutzen, Kitty«, sagte er väterlich.

Claude, dem bewusst war, dass er mit jedem Tag ein wenig mehr wie Mick Jagger aussah, und der diesen glücklichen genetischen Zufall nach Kräften ausnutzte, kam mit einer großen Flasche Mineralwasser und zwei Gläsern zu ihrem Tisch stolziert. Joe erkannte darin eine Gelegenheit, ein wenig Zeit zu gewinnen und nicht über das Gedicht sprechen zu müssen, das er mit einem Fußtritt unters Bett zu den Kakerlaken etc. befördert hatte.

Er wandte sich an Kitty. »Haben Sie das bestellt?«

Sie schüttelte den Kopf und sah Claude bedrückt an. Joe hörte sich den schmollenden Kellner anblaffen.

»Was haben Sie an Leitungswasser auszusetzen?«

Aus Claudes Blick sprach unverhohlene Abneigung. »Leitungswasser ist voller Hormone.«

»Ist es nicht. Tafelwasser ist nichts weiter als ein Trick, mit dem Touristen das Geld aus der Tasche gezogen wird.«

Joe hörte Claude lachen. Ansonsten war nichts zu hören außer den Vögeln. Und dem nervösen Summen im

Innern von Kitty Finch, die selbst so etwas wie ein Vogel oder eine Fee war. Er vermochte sie nicht anzusehen. Stattdessen fixierte er Claude.

»Sagen Sie, mein Herr: Ist Ihr Land unfähig, Wasser so aufzubereiten, dass man es bedenkenlos trinken kann?«

Mit der schwungvollen Eleganz eines zweitklassigen Zuhälters, der seine neuen, diamantenbesetzten Manschettenknöpfe zur Schau stellen möchte, schraubte Claude den Deckel der eisgekühlten Wasserflasche ab und ging zu seinen Hunden hinüber, die schlafend unter der Kastanie lagen. Er zwinkerte Jürgen zu, während er das Wasser in die angeschlagenen Keramikschalen neben ihren Pfoten goss. Die Hunde leckten lustlos an dem Wasser und gaben es dann auf. Claude tätschelte ihnen den Kopf und stolzierte ins Café zurück. Als er wieder auftauchte, brachte er ein Glas warmes, trübes Leitungswasser und gab es dem englischen Dichter.

Joe hielt das Glas gegen das Sonnenlicht. »Ich nehme an«, rief er dem Hausmeister zu, der noch immer seine Schnur entwirrte, »dass dieses Glas Wasser aus einem fauligen Sumpf stammt.« Er stürzte das Wasser in einem Zug hinunter und deutete auf das leere Glas. »Das ist Wasser. Man trifft es in Ozeanen und Polkappen an … Man findet es in Wolken und Flüssen … es wird …«

Claude schnippte vor der Nase des Dichters mit den Fingern. »Vielen Dank, Monsieur, für die Geografielektion. Was uns interessiert, ist, ob Sie das Gedicht unserer Freundin hier gelesen haben.« Er deutete auf Kitty. »Sie hat uns nämlich erzählt, dass Sie ein sehr angesehener Dichter sind und dass Sie ihr freundlicherweise angeboten haben, ihr Ihre Einschätzung mitzuteilen.«

Jetzt kam Joe nicht mehr darum herum, Kitty Finch anzusehen. Ihre grauen Augen, die manchmal grün waren, schienen mit besonderem Glanz aus ihrem sonnenverbrannten Gesicht zu strahlen. Dass Claude sich so für sie einsetzte, schien ihr kein bisschen peinlich zu sein. Vielmehr wirkte sie amüsiert, sogar dankbar. Das war der bisher schwärzeste Tag seines Urlaubs, so viel stand für Joe fest. Jemand, der so alt und so beschäftigt war wie er, sollte sich nicht mit einem Dorf voller Idioten herumschlagen müssen, die ihn faszinierender fanden als er sie.

»Das ist ein Privatgespräch zwischen zwei Schriftstellern«, sagte er leise, wie zu sich selbst.

Kitty wurde rot und starrte auf ihre Füße. »Glauben Sie, dass ich eine Schriftstellerin bin?«

Joe runzelte die Stirn. »Ja, wahrscheinlich sind Sie das.«

Er heftete den Blick nervös auf Jürgen, dem seine Schnur ein unlösbares Rätsel aufzugeben schien. Die Hunde schleckten mittlerweile das teure Mineralwasser aus ihren Näpfen. Claude tänzelte ins Café, wo er ein Poster aufgehängt hatte, auf dem Charlie Chaplin mit weißem Gesicht in einem Lichtkegel stand, seinen Spazierstock zwischen den Beinen. Darunter die Worte *Les Temps modernes*. Daneben stand das neue Gummimodell des Außerirdischenbabys E. T., um dessen Hals sich eine Girlande aus Plastikefeu rankte. Claude machte sich daran, die Kartoffeln von gestern in Entenfett zu braten, und spähte dabei aus dem Fenster, um nichts zu verpassen, was zwischen dem Dichter und Kitty Ket abging.

Kitty beugte sich vor und berührte Joe an der Schulter. Es war eine seltsame Geste. Als wolle sie sich vergewissern, dass er auch wirklich da war.

»In meinem Zimmer stehen alle Ihre Bücher.«

Das klang irgendwie bedrohlich. Als sei er ihr etwas schuldig, weil sie seine Bücher besaß. Die kupferroten Locken ihres langen, ungebürsteten Haars fielen ihr über die Schultern wie ein wunderbarer Traum, den er ersonnen haben könnte, um sich aufzumuntern. Wie war es ihr gelungen, sich so viel Schönheit unter den Nagel zu reißen? Sie roch nach Rosen. Sie war zart und schlank und geschmeidig. Sie war interessant und reizend. Sie liebte Pflanzen. Sie hatte einen grünen Daumen und, im buchstäblichen Sinn, grüne Fingernägel. Sie bewunderte ihn, wollte seine Aufmerksamkeit und faszinierte ihn, aber er hätte sich nicht die Mühe machen müssen, ihr Gedicht zu lesen, weil er es auch so verstand.

***

Claude stellte ihnen mit unerwarteter Ergebenheit und Unparteilichkeit eine Schüssel mit grünem Salat und Bratkartoffeln auf den Tisch. Joe nahm ein Stück Kartoffel und tunkte es in Senf ein.

»Ich habe über Ihren Titel nachgedacht, ›Heim schwimmen‹.«

Es klang ganz nonchalant, entspannter, als ihm zumute war. Was er über ihren Titel gedacht hatte, sagte er nicht. Der rechteckige, in Stein gehauene Swimmingpool im Garten der Villa erinnerte ihn an einen Sarg. Ein schwimmender, offener Sarg, erleuchtet von Unterwasserscheinwerfern, über die Jürgen fluchte, wenn er sich an den Glühbirnen zu schaffen machte, die er seit ihrer Ankunft bereits zweimal hatte austauschen müssen. Ein Swimmingpool war nichts weiter als ein Loch in der Erde. Ein mit Wasser gefülltes Grab.

Zwei Paraglider segelten zwischen den Bergen auf gelber Seide dahin. Die engen, kopfsteingepflasterten Straßen des Dorfes waren menschenleer. Die Paraglider landeten nicht wie sonst in der Nähe der fünf Kilometer entfernten Basis, sondern neben dem Fluss.

Kitty stopfte sich Salatblätter in den Mund. Eine magere Katze schnurrte um ihre Knöchel herum, weil sie ihr Kartoffelscheiben unter den Tisch warf. Sie beugte sich vor.

»Etwas ist in diesem Jahr mit mir geschehen. Ich habe Dinge vergessen.« Sie runzelte die Stirn, und er sah, dass der Sonnenbrand auf ihrer Stirn Blasen zu bilden begann.

»Was für Dinge?«

»Ich kann mich nicht er- er- er- er- er- …«

Sie war keine Dichterin. Sie war ein Gedicht. Gleich würde sie in zwei Teile zerspringen. Ihm kam der Gedanke, dass sie sich wegen seiner Gedichte in ihn verlie- lie- lie- liebt hatte. Es war unerträglich. Er konnte es nicht ertragen. Sie versuchte sich immer noch zu erinnern, wie man »erinnern« sagt.

Wenn er nicht über ihr Gedicht sprechen konnte, wozu taugte er dann? Da konnte er ebenso gut aufs Land ziehen und beim Kirchweihfest Lose verkaufen. Er konnte sich ebenso gut auf das Schreiben von Geschichten verlegen, die in den Jahren des Niedergangs des British

Empire spielten und in denen ein staubiger, schwarzer Humber V8 Snipe mit einem betagten, loyalen Fahrer vorkam.

Sie war eine genaue Leserin, sie hatte Probleme und sie hegte Selbstmordgedanken, aber wie stellte er sich seine Leser denn vor? Mussten sie immer brav ihr Gemüse aufessen, über ein regelmäßiges Einkommen und eine ordentliche Altersvorsorge verfügen, nebst Jahresmitgliedschaft im Fitnessstudio und Kundenkarte ihres bevorzugten Supermarkts?

Ihr Blick. Das Adrenalin darin war wie ein Makel, die Etc.s in ihrem Gedicht ein greller Schein, ein hoher, fiepender Ton. Und für den Fall, dass all das nicht furchterregend genug war, wurde es von ihrem Sinn für alltägliche Details noch in den Schatten gestellt, für Pollen und ums Überleben kämpfende Bäume und die Instinkte von Tieren, dafür, wie beschwerlich es war, so zu tun, als wäre man immerzu in bester geistiger Verfassung, für die Art, wie er ging (er hatte das Rheuma, das ihn sein Alter spüren ließ, vor seiner Familie bisher geheim gehalten), für die kleinen Stimmungs- und Gefühlsnuancen bei jedem Einzelnen von ihnen. Gestern hatte er beobachtet, wie sie einige Bienen befreit hatte, die nicht mehr aus einer Laterne herausfanden, als sei sie es, die gefangen gehalten würde. Sie war so empfindsam, wie ein Mensch nur sein konnte, eine Forscherin, eine Abenteurerin, ein Albtraum. In ihrer Gegenwart konnte man sich keinen Augenblick zurücklehnen, ihre Worte waren immer zu direkt, zu impulsiv, zu ehrlich.

Ihm blieb keine andere Wahl, als zu lügen.

»Es tut mir leid, Kitty, aber ich habe Ihr Gedicht noch

nicht gelesen. Außerdem muss ich einen Abgabetermin einhalten. Und in drei Wochen habe ich in Krakau eine Lesung. *Und* ich habe Nina versprochen, heute Nachmittag mit ihr fischen zu gehen.«

»Verstehe.« Sie biss sich auf die Lippe und wandte den Blick ab. »Verstehe«, sagte sie noch einmal, aber ihre Stimme brach. Jürgen war wie vom Erdboden verschluckt, und Kitty biss sich auf die Finger.

»Warum geben Sie es nicht Jürgen zum Lesen?« Kaum hatte er das gesagt, bereute er es. Sie wechselte vor seinen Augen buchstäblich die Farbe. Es war weniger ein Erröten als ein Durchbrennen. Ein elektrisches Kabel, das zu schmelzen begann. Aus dem Blick, mit dem sie ihn fixierte, sprach so viel Feindseligkeit, dass er sich fragte, was er eigentlich so unglaublich Schlimmes getan hatte.

»Mein Gedicht ist ein Zwiegespräch mit Ihnen und mit niemandem sonst.«

Es sollte nicht sein, dass er in ihr nach Liebe suchte, aber er konnte nicht anders. Er würde bis ans Ende der Welt laufen, um Liebe zu finden. Er versuchte es sich zu versagen, aber je mehr er sich anstrengte, nicht zu suchen, desto mehr gab es zu entdecken. Er sah sie an einem britischen Strand, eine Thermoskanne Tee in der Tasche, wie sie den kalten Wellen auswich, ihren Namen in den Sand schrieb, den Blick auf die Atomkraftwerke in der Ferne richtete. Das war eher ihre Landschaft, eine Landschaft, die selbst ein Gedicht voller Katastrophen war. Seine Worte hatten sie berührt, doch er wusste, dass er sie nicht auf andere Weise berühren durfte, im wörtlicheren Sinn, zum Beispiel mit seinen Lippen. Er durfte sie nicht ausnutzen. Er musste bis zum Schluss dagegen ankämpfen. Bis zu welchem Schluss? Er wusste es nicht, aber er würde dagegen ankämpfen bis zum bitteren Ende. Wäre er religiös, würde er auf die Knie fallen und beten. Vater, lass all das an mir vorübergehen. Vorüberziehen. Lass es abebben. Er wusste, dass es zugleich eine Bitte oder ein Wunsch oder ein Gebet an seinen eigenen Vater war, den düsteren, bärtigen Patriarchen, den Schatten, dem er sein Leben lang nachgejagt war etc. Sein Vater sagte Lebewohl etc. Seine Mutter sagte Lebewohl etc. Er versteckte sich in einem finsteren Wald im Westen Polens etc.

***

Kitty stand auf und kramte in ihrem Portemonnaie. Er sagte, sie solle es gut sein lassen. Bitte. Das Mittagessen gehe auf ihn. Sie bestand darauf, ihren Anteil zu bezahlen. Er sah, dass ihr Portemonnaie platt und leer war, es war nichts darin, aber sie suchte trotzdem nach Münzen. Er beharrte darauf. Für ihn sei es eine Kleinigkeit. Ob sie es bitte ihm überlassen könne, die Rechnung zu begleichen? Während ihre Finger hektisch in ihrem Geldbeutel herumwühlten, schrie sie ihn gleichzeitig an, halt's Maul, halt's Maul, halt's Maul, für wen hielt er sie, für was hielt er sie eigentlich? Errötend und wütend fand sie schließlich, wonach sie gesucht hatte: einen abgegriffenen Zwanzigfrancsschein, der in der Mitte gefaltet war, als hätte sie ihn für etwas Bestimmtes aufgehoben. Sie faltete ihn sorgfältig auseinander, ihre Hände zitterten, als sie ihn unter eine Untertasse schob, und dann rannte sie eine der kopfsteingepflasterten Straßen hinunter. Er hörte sie husten. Und dann hörte er Jürgens Stimme etwas zu ihr sagen, und ihm wurde klar, dass der Hausmeister auf sie gewartet haben musste. Sie fragte ihn auf Französisch, warum der Pool so trüb sei, und er fragte sie, warum sie weine. Vergiss, vergiss es, hörte er Jürgen sagen, die Sonne scheint, Kitty Ket. Es war eine Art Lied: Forget forget Kitty Ket forget forget Kitty Ket.

Joe suchte nach seinem seidenen Taschentuch und vergrub das Gesicht darin. Seide hatte man für die ersten kugelsicheren Westen benutzt. Sie war eine zweite Haut, und die hatte er nötig. Was sollte er nur tun? Was sollte er mit ihrem Gedicht anfangen? Er war nicht ihr Arzt. Sie wollte bestimmt nicht, dass er ihr mit einer Lampe in die Augen leuchtete. Sollte er Isabel erzählen, die junge Frau, der sie angeboten hatte zu bleiben, habe mit etwas gedroht?

Bald würde er in Polen sein und in einem alten Palast in Krakau lesen. Seine Übersetzerin und Reiseführerin würde ihm über die Untiefen von Tramrouten und Speisekarten hinweghelfen. Sie würde ihn in der Hohen Tatra zur Ruhe betten und ihm die hölzernen Datschas im Wald zeigen. Frauen mit Kopftüchern würden ihre Gänse hüten und ihn von ihren Marmeladen und Käsen kosten lassen. Wenn er schließlich am Flughafen von Warschau abfliegen und vom Zollbeamten gefragt werden würde, ob er Kaviar ausführe, würde er antworten: »Kein Kaviar. Ich nehme meine schwarze, glitschige Vergangenheit mit außer Landes, und die gehört uns beiden zu gleichen Teilen. Sie geht so. Mein Vater sagte Lebewohl etc. Meine Mutter sagte Lebewohl etc. Sie versteckten mich in einem finsteren Wald im Westen Polens etc.«

Jemand tippte ihm auf die Schulter. Zu seiner Überraschung hatte ihm Claude ein Glas kaltes Bier auf den Tisch gestellt. Was hatte den Mick Jagger von Wurzelhausen zu dieser freundlichen, brüderlichen Geste veranlasst? Joe trank es in einem langen, durstigen Zug aus. Er griff nach dem Schein, den Kitty unter die Untertasse geschoben hatte, und steckte ihn in seine Hemdtasche, bevor Claude ihn sich schnappen konnte, um seinen Coiffeur damit zu bezahlen. Er würde sich etwas einfallen lassen, um ihn ihr zurückzugeben. In zwei Tagen reiste sie Gott sei Dank ab. Dann würde es vorbei sein. Just in dem Moment, als eine freudige Erregung in ihm aufzusteigen begann, weil er endlich allein war, sah er zu seiner Bestürzung seine Tochter die Straße zum Café herunterlaufen.

Nina hatte einen Kescher und einen Eimer dabei. Oh nein. Verflucht. Er begann vor sich hin zu jammern. Schau sie dir an. Meine Tochter trägt Wimperntusche, um fischen zu gehen. Und Ohrringe. Riesige, goldene Reifen, mit denen sie am nächstbesten Ast hängen bleiben wird. Er würde jetzt mitten in der Nachmittagshitze den ganzen Weg zum Fluss mit ihr wandern müssen, wie er es ihr versprochen hatte. Zwei Kilometer.

Niemand schien zu begreifen, dass er siebenundfünfzig Jahre alt war. Er würde den Hang zum Flussufer hinunterstolpern und verzweifelt versuchen, auf den Steinen nicht auszurutschen. Er winkte wenig begeistert, und seine Tochter wedelte mit dem Kescher in seine

Richtung. Als sie sich schließlich ihm gegenüber auf den Stuhl fallen ließ, nahm er ihre Hand und drückte sie. »Herzlichen Glückwunsch. Deine Mutter hat mir erzählt, dass du endlich deine Periode bekommen hast.«

»Halt bloß dein verdammtes Maul.« Nina rollte mit den Augen und versank in den Anblick des Eimers.

»Okay, mach ich. Warum blasen wir das Fischen nicht ab, bleiben einfach hier sitzen und trinken ein Bier?«

»Vergiss es.«

Joe räusperte sich. »Ähm … hast du alles, was du brauchst … du weißt schon, als Mädchen, bei dem es gerade angefangen hat …?«

»Halt die Klappe.«

»Okay, mach ich.«

»Wo ist Kitty?«

»Sie ist … ähm … ich weiß nicht, wo sie hin ist.«

Nina sah sich die Haare ihres Vaters an. Er hatte sie zur Abwechslung tatsächlich mal gebürstet. Sie musste zugeben, dass er ziemlich gut aussah, auch wenn er ein Kotzbrocken war. Er hatte sich ins Zeug gelegt, um für Kitty gut auszusehen, da konnte er sagen, was er wollte.

»Hat dir ihr Gedicht gefallen?«

Was sollte er darauf sagen? Wieder machte er das, was er am besten konnte: Er log.

»Ich hab's noch nicht gelesen.«

Nina boxte ihn gegen den Arm, so fest sie konnte.

»Sie war so nervös, weil du ihr Gedicht lesen wolltest, dass sie fast das Auto geschrottet hätte. Und MICH gleich mit. Sie hat uns beide praktisch über alle Berge befördert. Sie musste ihren ganzen Mumm zusammennehmen, um sich mit dir zu treffen. Sie *zitterte*.«

»Oh Gott.« Joe ließ geräuschvoll Luft ab.

»Was heißt da ›Oh Gott‹? Ich dachte, du glaubst nicht an Gott?«, knurrte seine Tochter und kehrte ihm den Rücken zu.

Er schlug so heftig auf den Tisch, dass der einen Luftsprung machte.

»Setz dich *nie wieder* zu Kitty Finch ins Auto. Hast du mich verstanden?«

Nina dachte schon, dass sie einigermaßen verstanden hatte, wusste aber nicht so recht, was es da eigentlich zu verstehen gab. War Kitty keine gute Autofahrerin oder was? Ihr Vater sah wütend aus.

»Ich kann *Depressive* nicht ausstehen. Es ist wie ein Job, das Einzige, woran sie wirklich hart arbeiten. Oh super, meiner Depression geht's heute blendend. Super, heute habe ich ein neues unerklärliches Symptom, und morgen habe ich noch eines. Die *Depressiven* sind voller Hass und Galle, und wenn sie gerade keine Panikattacke haben, dann schreiben sie Gedichte. Was *erwarten* sie sich bloß von ihren Gedichten? Ihre Depression ist das *Vitalste* an ihnen. Ihre Gedichte sind Drohungen. *Immer* Drohungen. Sie kennen keine Empfindung, die stärker und lebendiger ist als ihr Schmerz. Ihre Depression ist das Einzige, was sie für die Gesellschaft leisten. Sie ist für sie einfach ein Gebrauchsgut unter vielen. Wie Strom und Wasser und Gas und Demokratie. Ohne sie könnten sie gar nicht überleben. *Gott, ich hab solchen Durst. Wo ist Claude?*«

Claude steckte den Kopf zur Tür heraus. Er musste sich Mühe geben, nicht zu lachen, behandelte Joe aber mit etwas mehr Respekt als gewöhnlich. Er überlegte sogar, ihn diskret zu fragen, ob er sich eventuell vorstellen könne, für das zu bezahlen, was Mitchell im Café alles anschreiben ließ.

»Bitte, Claude, bringen Sie mir etwas Wasser. Egal, welches. Meinetwegen auch eine Flasche. Nein. Ich nehme noch ein Bier. Ein großes. Gibt es in diesem Land keine Halblitergläser?«

Claude nickte und verschwand im Café, wo er den Fernseher eingeschaltet hatte, um Fußball zu schauen. Nina nahm den Kescher und fuchtelte ihrem Vater damit im Gesicht herum.

»Der einzige Sinn dieses Nachmittags besteht darin, dass wir fischen gehen, also steh auf und setz dich in Bewegung, du bist echt so scheißlangweilig.«

Scheißlangweilig war ihr neuestes Wort, und sie ließ es sich auf der Zunge zergehen.

»Ich weiß genau, dass du mich nicht scheißlangweilig findest«, knurrte ihr Vater mitleiderregend, mit plötzlich heiserer Stimme.

Nina traute sich nicht, das Wort zu wiederholen, weil sie es jedes Mal aufregend fand, was er an Schrecken zutage förderte, wenn er mit Netz und Eimer mit ihr loszog.

Claude brachte das Bier, »ein Großes« in einem Halbliterglas, und erklärte Nina, dass er ab jetzt keine Bestellungen von ihrem Vater mehr entgegennehme, weil er das Halbfinale zwischen Schweden und Brasilien anschaue.

»Na schön.« Joe warf ein wenig Geld auf den Tisch, und als Claude ihm etwas ins Ohr flüsterte, drückte er ihm ein Bündel Geldscheine in die Hand und sagte, er werde für alles bezahlen, was Mitchell im Café bestelle, aber er dürfe es nicht erfahren, der Dicke dürfe nicht wissen, dass die Unmengen an Gebäck, die er verdrückte, von den Tantiemen des reichen Dichterarsches bezahlt werden würden.

Claude legte den Finger auf die Lippen. Ihr Plan war bei ihm sicher. Er warf einen Blick auf Nina und brach dann einen Zweig von der violetten Bougainvillea ab, die an der Wand hochkletterte. Er schlang die Blumen zu einem Armband und reichte es ihr mit einer leichten Verbeugung. »Für die schöne Tochter des Dichters.«

Nina sah sich schamlos den Arm ausstrecken, damit er die lila Blüten herumlegen konnte wie eine Handschelle. Als seine Fingerkuppen ihr Handgelenk berührten, raste ihr Puls wie verrückt.

»Gib mir das Netz, Nina.« Ihr Vater streckte die Hand aus. »Damit kann ich mir gut die Augen ausstechen. Ehrlich gesagt würde ich lieber mit Claude die WM schauen. Du musst lernen, ein bisschen netter zu deinem Vater zu sein.«

In der Hoffnung, dass das attraktiv aussah, biss sie sich auf die Lippe, nahm ihren ganzen Mut zusammen und schlug die Augen auf zu Claude. Der zuckte hilflos mit den Schultern. Sie beide wussten, dass er viel lieber einfach sie angeschaut hätte.

Als sie an der Kirche vorübergingen, um zu der Straße zu gelangen, von der Joe wusste, dass man auf ihr zu dem Tor kam, durch das man zu dem Feld mit den schnaubenden Stieren kam, über das man zu dem Pfad kam, auf dem man zu der Brücke kam, über die man zum Fluss kam, spürte er, wie die Hand seiner Tochter in seine Hosentasche glitt.

»Nicht mehr weit«, sagte sie aufmunternd.
»Halt die Klappe«, antwortete ihr Vater.
»Ich glaube, du wirst depressiv, stimmt's, Dad?«
Joe stolperte über einen hervorstehenden Pflasterstein.
»Wie du schon sagtest, ›Es ist nicht mehr weit‹.«

Das Foto

Die Gruppe japanischer Touristen war glücklich. Sie lächelten schon unnatürlich lange. Isabel, die im Schatten eines silbrig schimmernden Olivenbaums saß und auf Laura wartete, schätzte, dass sie mittlerweile seit zwanzig Minuten lächelten. Sie fotografierten sich gegenseitig vor dem ausgebleichten rosa Schloss des Musée Matisse, und allmählich begann ihr Lächeln angestrengt und gequält zu wirken.

Überall im Park machten Familien unter den Olivenbäumen Picknick. Vier alte Männer, die im Schatten Boule spielten, unterbrachen das Spiel, um über die Hitzewelle zu reden, die den französischen Weinbergen schwer zu schaffen machte. Laura winkte ihr zu, ohne zu merken, dass sie mitten in ein Foto hineingelaufen war. Die sieben japanischen Touristen, die sich mit umeinandergeschlungenen Armen aufgestellt hatten, lächelten weiter, während Laura im Vordergrund pünktlich mit dem Blitz die Hand hob.

In der Oberschule in Cardiff hatte Isabel immer als Erste die Hand oben gehabt. Sie wusste die Antwort, lange bevor die anderen Mädchen hinterherkamen, Mädchen, die wie sie alle einen grünen Blazer trugen, auf dem das Motto der Schule zu lesen war: »Macht das Wissen der Welt dienstbar.« Heute, dachte sie, würde sie das Motto der Schule ändern, um die Mädchen darauf vorzubereiten, dass ihr Wissen ihnen nicht unbedingt dienstbar sein und sie jedenfalls nicht glücklich machen würde. Gut möglich, dass es stattdessen ein Licht auf Dinge werfen würde, die sie gar nicht sehen wollten. Das neue Motto müsste dem Umstand Rechnung tragen, dass es manchmal schwer war, mit dem erworbenen Wissen zu leben; wenn die begabten jungen Mädchen in Cardiff einmal davon gekostet hatten, würden sie den Geist nie wieder zurück in die Flasche bekommen.

Die Männer hatten sich wieder ihrem Boulespiel zugewandt. Stimmen aus einem Radio ganz in der Nähe diskutierten über den Streik der Fluglotsen. Unter den Bäumen wurden Thermoskannen mit Kaffee geöffnet. Kinder fielen von ihren Fahrrädern. Familien packten belegte Brote und Obst aus. Isabel sah den Bogen weißer und blauer Belle-Époque-Hotels oben auf dem Hügel und wusste, dass Matisse auf einem Friedhof in der Nähe begraben war. Laura hielt eine Flasche Rotwein in der linken Hand. Isabel rief sie, aber Laura hatte sie schon gesehen. Sie war sehr schnell zu Fuß, ging effizient und zielgerichtet. Laura würde einiges darüber zu sagen haben, dass sie Kitty Finch angeboten hatte zu bleiben, aber Isabel würde ihr klarmachen, dass sie die Miete für die Villa für den ganzen Sommer allein bezahlen werde. Laura und Mitchell müssten sich ein Zimmer in einem Landhotel in der Nähe von Cannes buchen, von dem sie in einem Reiseführer gelesen hatte. Ein ockergelbes provençalisches Landhaus, in dem exquisite Weine und Wolfsbarsche im Salzmantel serviert wurden. Das würde das Richtige für Mitchell sein, der auf einen gastronomischen Sommer epischen Ausmaßes gehofft hatte und jetzt seinen Urlaub widerwillig mit einer Fremden teilte, die den Anschein erweckte, sie wolle sich zu Tode hungern. Laura und Mitchell brauchten Ordnung und Struktur, um sich wohlzufühlen. Mitchell erstellte für ihr Geschäft in Euston Fünfjahrespläne und Ablaufdiagramme, in denen zu erledigende Aufgaben, Gründe für bestimmte Entscheidungen und die erwünschten Ergebnisse festgehalten waren. Isabel bewunderte diesen Glauben an die Zukunft: die Überzeugung, dass sie Ergebnisse zeitigte, auf die man Einfluss nehmen konnte, sodass sie ausfielen wie gewünscht.

Laura lächelte, aber sie sah nicht glücklich aus. Sie setzte sich neben Isabel und zog ihre Sandalen aus. Und dann zupfte sie mit den Fingern an trockenen Grasbüscheln und erzählte ihrer Freundin, dass sie den Laden in Euston schließen mussten. Sie und Mitchell kämen nicht mehr über die Runden. Sie brächten kaum noch die Raten für die Hypothek auf. Sie seien mit insgesamt fünf Kreditkarten und wenig Bargeld nach Frankreich gekommen. Sie könnten sich nicht einmal leisten, den Mercedes aufzutanken, den Mitchell törichterweise am Flughafen gemietet habe. Mitchell habe einen Schuldenberg aufgehäuft, dessen Ausmaße sie erst allmählich begreife. Er stehe bei Gott und der Welt mit hohen Geldsummen in der Kreide. Monatelang habe er davon gesprochen, dass sich schon irgendetwas auftun werde, aber es habe sich nichts aufgetan. Der Laden würde liquidiert. Nach ihrer Rückkehr nach London würden sie ihr Haus verkaufen müssen.

Isabel rutschte näher an Laura heran und legte die

Arme um sie. Laura war so groß, dass es manchmal kaum zu glauben war, dass sie nicht buchstäblich über den Dingen stand, mit denen sich alle anderen herumschlugen. Offenbar war sie nicht mehr sie selbst, denn sie ließ sogar die Schultern hängen. Ihre Freundin hatte sich nie diese gebeugte Haltung angewöhnt, mit der große Menschen manchmal versuchen, sich auf menschliches Maß zu reduzieren, aber jetzt sah sie niedergedrückt aus.

»Machen wir den Wein auf.« Laura hatte vergessen, einen Korkenzieher mitzubringen, also griffen sie auf Isabels Kamm zurück und bohrten seinen langen Plastikstiel in den Korken. Es blieb ihnen nichts anderes übrig, als abwechselnd aus der Flasche zu trinken, wie Teenager auf ihrem ersten Urlaub ohne Eltern. Isabel erzählte Laura, wie sie den ganzen Vormittag damit verbracht habe, Geschäfte nach Damenbinden für Nina zu durchkämmen, aber keine Ahnung hatte, wie man auf Französisch dazu sagte. Schließlich habe sie von dem Mann in der Apotheke erfahren, dass sie *serviettes hygiéniques* hießen. Er habe die Einlagen in eine braune Papiertüte gesteckt, dann in eine Plastiktüte, und schließlich in eine weitere Plastiktüte, als wären sie in seiner Vorstellung bereits blutgetränkt. Und dann wechselte sie das Thema. Sie wollte wissen, ob Laura über ein eigenes Konto verfüge. Laura schüttelte den Kopf. Sie und Mitchell hatten schon immer ein Gemeinschaftskonto gehabt, seit sie gemeinsam den Laden eröffnet hatten. Und dann wechselte Laura das Thema und fragte Isabel, ob sie glaube, Kitty Finch könnte vielleicht … sie suchte nach dem Ausdruck … einen leichten »Stich« haben? Das Wort blieb ihr im Hals stecken, und sie wünschte, sie hätte eine andere Sprache, um zu übersetzen, was sie damit sagen wollte, denn die einzigen Wörter, die sie gespeichert hatte, stammten vom Schulspielplatz ihrer Generation, ein Wortfeld, das irgendwo bei bekloppt, beknackt und bescheuert anfing, mit meschugge, plemplem und Sprung in der Schüssel weiterging und am Ende bei einen Vogel haben landete. Laura versuchte ihr zu erklären, wie sehr das Auftauchen von Kitty Finch sie beunruhigt habe. Gerade eben, als sie sich auf den Weg gemacht hatte, um von der Villa zum Musée Matisse zu fahren, hatte sie Kitty dabei beobachtet, wie sie die Schwänze dreier Hasen, die Mitchell im Obstgarten geschossen hatte, in einer Vase arrangierte – als wären es Blumen. Der Punkt war: Sie musste den Hasen die Schwänze eigenhändig abgeschnitten haben. Mit einem Messer. Sie musste die Hasen mit einem Tranchiermesser durchgesäbelt haben. Isabel gab keine Antwort, weil sie Laura gerade einen Scheck ausstellte. Laura spähte ihr über die Schulter und sah, dass Isabel eine erkleckliche Summe eintrug und mit ihrem Mädchennamen unterschrieb.

Isabel Rhys Jones. Wenn sie sich in ihrer Studienzeit in einer Bar jemandem vorgestellt hatten, hatte Isabel immer den walisischen Namen ihrer Heimatstadt Cardiff gesagt: Caerdydd. Anfangs hatte sie einen walisischen Akzent gehabt, doch dann war er mehr oder weniger verschwunden. Im zweiten Studienjahr hatte sie mit einem Akzent gesprochen, der noch nicht ganz englisch war, es bis zu dem Zeitpunkt, als sie im Fernsehen aus Afrika berichtete, aber noch werden sollte. Laura dagegen, die afrikanische Sprachen studiert hatte, versuchte möglichst wenig englisch zu klingen, wenn sie Suaheli sprach. Es war eine komplizierte Angelegenheit, und sie hätte gerne noch etwas länger darüber nachgedacht, aber Isabel hatte die Kappe wieder auf ihren Füller gesteckt und räusperte sich. Sie sagte etwas, und es klang ziemlich walisisch. Laura verpasste den ersten Teil, klinkte sich aber rechtzeitig ein, als ihre Freundin davon sprach, dass die Putzfrau aus Nordafrika, die in der Villa für einen Hungerlohn die Böden wischte, anscheinend in den Streik getreten sei. Die Frau trug ein Kopftuch, und seit Jürgen zu seiner Freude festgestellt hatte, dass sie in Sachen Strom geschickter war als er, reparierte sie für ihn die Eurostecker. Laura hatte beobachtet, wie sie zuerst die Kabel angeschaut und den Blick dann durch das Fenster auf das silbrige Licht gerichtet hatte, das angeblich Matisse einst von seiner Tuberkulose geheilt hatte. Aus irgendeinem Grund hatte sie in letzter Zeit öfter an diese Frau gedacht, und als sie sich gerade fragte, warum diese Frau sie so beschäftigte, fiel ihr wieder ein, was Isabel vorhin gesagt hatte, während sie den Scheck ausstellte. Irgendetwas von wegen Laura solle neben dem Gemeinschaftskonto mit Mitchell ein eigenes Konto eröffnen. Sie musste lachen und erinnerte Isabel daran, wie ihr Mädchenname lautete: Laura Cable.

Das Ding

Du solltest dich nicht so dick mit Sonnencreme einschmieren, Mitchell.«

Aus irgendeinem Grund war Kitty Finch aufgebracht. Sie hatte alles ausgezogen und stand nackt am Beckenrand des Pools, als wäre sie allein auf der Welt. »Das bringt das chemische Gleichgewicht des Wassers durcheinander.«

Mitchell legte die Hand schützend auf seine Bauchkuppel und stöhnte.

»Das Wasser ist regelrecht *trüb*.« Kitty klang wütend. Sie rannte um den Pool herum und beäugte das Wasser aus jedem erdenklichen Blickwinkel. »Jürgen hat die chemische Aufbereitung völlig vermurkst.« Sie stampfte barfuß auf den heißen Pflastersteinen auf. »Die Feinabstimmung ist eine Frage der Chemie. Er hat Chlortabletten in die Skimmerbox getan, und jetzt ist das Chlor am tiefen Ende zu stark konzentriert.«

Einmal mehr glaubte Mitchell ihr sagen zu müssen, sie solle sich zum Teufel scheren. Warum machte sie sich nicht ein Käsesandwich und verzog sich in den Wald? Er würde sie sogar hinfahren, wenn sie es irgendwie bewerkstelligen könnte, ein klein wenig Benzin für seinen Mercedes aufzutreiben.

»Dir kann man so leicht Angst einjagen, Mitchell.«

Sie sprang auf ihn zu. Zwei große Sprünge, als ahme

sie eine Gazelle oder ein Reh nach und fordere ihn höhnisch auf, er solle doch kommen und sie jagen. Ihre Rippen zeichneten sich unter ihrer Haut ab wie die Drähte der Falle, die Mitchell wegen der Ratte gekauft hatte.

»Ein Glück, dass Laura so groß ist, nicht wahr? Sie kann einfach über dich drüberschauen, wenn du auf Tiere schießt, und muss niemals den Boden sehen, auf dem die angeschossenen liegen.«

Kitty hielt sich die Nase zu und sprang in das trübe Wasser. Mitchell setzte sich auf, und sofort wurde ihm schwindlig. Die Sonne machte ihn immer ganz krank. Nächstes Jahr würde er vorschlagen, eine Hütte am Ufer eines eiskalten norwegischen Fjords zu mieten, so weit von der Familie Jacobs weg wie möglich. Er würde Seehunde fangen und in der Sauna mit Birkenruten auf sich einschlagen, und dann würde er schreiend in den Schnee hinauslaufen, während Laura an ihrer Yoruba-Aussprache feilte und sich nach Afrika sehnte.

»Das Wasser ist im Arsch.«

Was war nur in sie gefahren? Während er den Sonnenschirm über seinem pinkfarbenen Glatzkopf ausrichtete, sah er Joe auf das kleine Tor zuhumpeln, durch das man in den hinteren Bereich des Gartens gelangte. Nina, einen roten Eimer und einen Kescher in der Hand, kam hinter ihm durch die Zypressen gestapft.

»Hi, Joe.«

Kitty sprang aus dem Pool und schüttelte das Wasser aus ihren kupferfarbenen Locken. Er nickte ihr zu, erleichtert, dass sie trotz ihrer unangenehmen Begegnung vom Mittag ehrlich erfreut klang, ihn zu sehen. Er deutete auf den Eimer, den Nina mühsam zum Beckenrand schleppte.

»Komm und schau, was wir im Fluss gefunden haben.«

Sie drängten sich um den Eimer, der zur Hälfte mit schlammigem Wasser gefüllt war. Eine schleimige, graue Kreatur mit einem roten Streifen auf dem Rücken klammerte sich an ein Büschel Unkraut. Sie war so dick wie Mitchells Daumen und schien eine Art Puls zu haben, denn über ihr zitterte das Wasser. Ab und zu rollte sie sich zusammen und streckte sich dann langsam wieder.

»Was ist das?« Mitchell konnte nicht fassen, dass sie sich die Mühe gemacht hatten, diese abscheuliche Kreatur über die ganzen Felder bis zur Villa zu schleppen.

»Es ist ein Ding.« Joe grinste.

Mitchell stöhnte und wandte sich ab. »Widerlich.«

»Dad findet immer irgendwelche fiesen Sachen.«

Nina sah Kitty über die Schulter, bemüht, an ihren Brüsten vorbeizuschauen, die jetzt über dem Eimer baumelten, während sie hineinspähte. Sie wollte die nackte Kitty Finch und ihren Vater, der viel zu nah neben ihr stand, nicht sehen. Nina konnte die Knochen zählen, die wie Perlen an ihrem Rückgrat aufgereiht waren. Kitty war eine Hungerleiderin. Ihr Zimmer war voll vergammelndem Essen, das sie unter irgendwelchen Kissen versteckt hatte. Nina jedenfalls hätte viel lieber die festgetrockneten Kaugummis auf den Gehwegen in London angestarrt als ihren Vater und Kitty Finch.

Kitty bückte sich nach einem Handtuch. Ungeschickt ließ sie es mehrmals fallen und hob es dann wieder auf, bis Joe es ihr schließlich abnahm und ihr half, es sich um die Taille zu wickeln.

»Was glauben Sie, was es ist?« Kitty spähte angestrengt in den Eimer.

»Es ist ein Krabbeltier«, verkündete Joe. »Das beste Exemplar, das mir bislang untergekommen ist.«

Nina meinte, dass es vielleicht ein Tausendfüßler sei. Es hatte Hunderte winziger Beinchen, die wie wild im Wasser herumwedelten und nach Halt suchten.

»Was genau suchen Sie eigentlich, wenn Sie fischen gehen?« Kitty sprach leise, als ob das Ding sie sonst hören könnte. »Finden Sie das, wonach Sie suchen?«

»Was redest du da?« Mitchell klang wie ein Lehrer, der über eine Schülerin verärgert ist.

»Sprich nicht so mit ihr.« Joe hatte die Arme jetzt um Kittys Taille geschlungen und hielt das Handtuch fest, als hänge sein Leben davon ab.

»Sie will wissen, warum ich nicht silberne Fische und hübsche Muscheln suche. Die Antwort lautet: Die zu finden ist ja keine Kunst.«

Während er sprach, bohrte er seinen Finger in Kittys nasse Locken. Nina sah ihre Mutter und Laura durch das weiße Tor hereinkommen. Ihr Vater ließ das Handtuch los, und Kitty wurde rot. Nina schaute unglücklich in die Zypressen und tat, als suche sie nach dem Igel, von dem sie wusste, dass er hier im Garten hauste. Joe ging zum Plastikliegestuhl hinüber und legte sich hin. Sein Blick streifte seine Frau, die zum Eimer herübergegangen war. Sie hatte Blätter im Haar und Grasflecken auf den nackten Schienbeinen. Es war, als wäre sie nicht nur auf Abstand zu ihm gegangen, sondern in ein ganz anderes Viertel gezogen. In der Art, wie sie neben dem Eimer stand, lag ein ungewohnter Elan. Ihr

Entschluss, ihn nicht zu lieben, schien ihr neue Kraft gegeben zu haben.

Mitchell beobachtete noch immer die Kreatur, die an der Innenseite des roten Plastikeimers hochkrabbelte. Durch die rote Zeichnung auf dem Rücken war sie perfekt getarnt.

»Was hast du jetzt mit deiner Schnecke vor?«

Alle Blicke richteten sich auf Joe.

»Ja«, sagte er, »mein ›Ding‹ macht euch allen wahnsinnig Angst. Setzen wir es im Garten auf ein Blatt.«

»Nein.« Laura schauderte. »Dann kommt es nur zurück.«

»Oder es krabbelt in den Abfluss und kommt im Waschbecken wieder heraus.« Mitchell war äußerst beunruhigt.

Laura schauderte und schrie dann: »Es klettert raus. Gleich ist es draußen.« Sie rannte zum Eimer und warf ein Handtuch darüber.

»Tu doch was, Joe, halt es auf!«

Joe humpelte zum Eimer, nahm das Handtuch weg und schnippte das Tier mit seinem Daumen ins Wasser zurück.

»Es ist wirklich winzig.« Er gähnte. »Es ist einfach nur ein komisches, schleimiges kleines Ding.«

Ein Klumpen Flussalgen löste sich langsam von seiner Augenbraue. Rings um ihn war es sehr still geworden. Selbst das nachmittägliche Zirpen der Zikaden schien verklungen zu sein. Als Joe die Augen aufmachte, waren alle außer Laura in die Villa verschwunden. Laura zitterte, aber ihr Ton war ganz sachlich.

»Hör mal, ich weiß, dass Isabel Kitty angeboten hat zu

bleiben.« Sie stockte, setzte noch einmal an: »Aber du musst ja nicht. Ich meine, musst du? Musst du es tun? Musst du? Musst du es immer wieder tun?«

Joe ballte in den Hosentaschen die Fäuste.

»Was tun?«

Mittwoch

Elektrisierte Körper

Jürgen und Claude rauchten das Haschisch, das Jürgen bei dem Akkordeonspieler am Strand in Nizza gekauft hatte. Für gewöhnlich kaufte er es beim Fahrer, der die ausländischen Putzfrauen zu den Touristenvillen brachte, aber die organisierten gerade einen Streik. Außerdem war gestern Abend in den Nachrichten ein Sturm vorhergesagt worden, und alle im Dorf hatten die ganze Nacht damit verbracht, sich dagegen zu wappnen. Jürgens Häuschen gehörte Rita Dwighter, war aber noch nicht »restauriert«, und er wollte, dass das auch so blieb. Manchmal warf er irgendetwas Schweres gegen die Wände, in der Hoffnung, dass es unrestaurierbar werden und in der Häuserfamilie von Rita Dwighter seinen Status als das hässliche, missratene Kind behalten würde.

Jetzt kauerte er über Claudes Handy. Claude hatte das Muhen einer Kuh aufgenommen. Er wusste nicht, warum, er konnte einfach nicht anders. Er war auf eine Weide marschiert und hatte sein Telefon so nah vor das Maul einer Kuh gehalten, wie er sich traute. Wenn Jürgen die Play-Taste drückte, muhte die Kuh. Die Technik sorgte dafür, dass die Kuh vertraut und zugleich unangenehm fremd klang. Jedes Mal, wenn die Kuh muhte, mussten sie hysterisch lachen, denn die Kuh war Claude auf den großen Zeh getreten, und jetzt war sein Zehennagel deformiert.

Madame Dwighter hatte Jürgen angewiesen, zu Hause zu bleiben und auf ihren Anruf zu warten. Jürgen machte das nichts aus. Drinnen auf einen Anruf zu warten war eine nette Abwechslung zu Anrufen, mit denen er nach draußen gerufen wurde, um in »provençalischen« Villen, die er sich niemals würde leisten können, eine Glühbirne zu wechseln. An der Wand lehnte ein Stapel Picasso-Drucke, die er als Restposten auf dem Flohmarkt gekauft hatte. Das Gummimodell von E. T., das er Claude mitgebracht hatte, war ihm lieber. Rita Dwighter hatte ihn angewiesen, »die Picassos« zu rahmen und in ihren drei Villen an jeder freien Wand einen aufzuhängen, aber er hatte keine Lust. Der Kuh auf Claudes Handy beim Muhen zuzuhören war viel interessanter.

Als Jürgen gerade den nächsten Joint rollen wollte, hörte er ein Telefon klingeln. Claude deutete auf das Telefon, das auf dem Boden lag. Jürgen hielt sich mit Daumen und Zeigefinger die Nase zu und nahm schließlich den Hörer ab.

Claude schlug die Hand vor den Mund, damit er nicht so laut loslachte, wie er es gerne getan hätte. Jürgen war nicht gerne Hausmeister. Madame Dwighter fragte ihn ständig, was er denke, aber über das, was er dachte, sprach er nur mit Claude. Jürgen dachte immer nur an eines.

Kitty Finch. Auf beharrliches Nachfragen würde er hinzufügen: Sex, Drogen, Buddhismus als Weg zu einem

Leben im Einklang mit der Welt, kein Fleisch, keine Tierversuche, Kitty Finch, keine Impfungen, kein Alkohol, Kitty Finch, die Reinheit von Körper und Seele, pflanzliche Heilmittel, Slide-Gitarre spielen, Kitty Finch, das werden, was Jack Kerouac einen Naturapostel nannte. Ja, hörte Claude seinen Freund Madame Dwighter versichern, alles ganz entspannt in der Villa dieses Jahr. Ja, der berühmte englische Dichter und seine Familie genössen ihren Urlaub. Sie hätten sogar eine unerwartete Besucherin. Mademoiselle Finch übernachte im freien Zimmer, und alle seien von ihr bezaubert. Ja, sie sei sehr ausgeglichen dieses Jahr, und sie habe etwas geschrieben, was sie dem Dichter zeigen wolle.

Claude knöpfte seine Jeans auf und ließ sie bis zu den Knien hinunterrutschen. Jürgen musste den Hörer vom Ohr weghalten, während er sich vor Lachen kringelte, und machte obszöne Gesten in Richtung Claude, der jetzt in seinen Calvin-Klein-Boxershorts Liegestütze machte. Jürgen tippte den Joint gegen sein Knie und sprach weiter mit Rita Dwighter, die aus dem spanischen Steuerexil anrief. Demnächst würde er sie mit *Señora* anreden müssen.

Ja, das Infoblatt sei auf dem neuesten Stand. Ja, das Wasser im Pool sei perfekt. Ja, die Putzfrauen machten ihre Sache gut. Ja, das kaputte Fenster habe er ausgetauscht. Ja, er sei ganz mit sich im Reinen. Ja, die Hitzewelle neige sich dem Ende zu. Ja, es werde Gewitter geben. Ja, über die Wetteraussichten wüssten alle Bescheid. Ja, die Fensterläden werde er sichern.

Claude hörte die Stimme von Rita Dwighter aus dem Hörer tropfen und in einer Wolke aus Haschischrauch verschwinden. Alle im Dorf lachten, wenn das Gespräch auf die reiche Psychoanalytikerin und Immobilienmaklerin kam, die Jürgen für seine Ungeschicklichkeit so fürstlich entlohnte. Neben ihrer Praxis im Westen Londons, witzelten sie gerne, habe sie für ihre Klienten aus der Wirtschaft einen Hubschrauberlandeplatz anlegen lassen. Die säßen dann auf Designerstühlen, während ihre Piloten, zumeist trockene, von Fluggesellschaften gefeuerte Alkoholiker, draußen im Regen zollfreie Zigaretten rauchen würden. Claude hatte mit dem Gedanken gespielt, das Gerücht in Umlauf zu bringen, einer ihrer reichsten Klienten habe es fertiggebracht, mit einem Arm in die Rotorblätter zu geraten, nachdem sie herausgefunden hatte, warum er so gerne eine Naziuniform anzog und Prostituierte auspeitschte. Er habe sich den Arm amputieren lassen müssen und die Therapie abgebrochen, weshalb sie es sich jetzt doch nicht leisten könne, das Briefträgerhäuschen zu kaufen.

Wenn Madame Dwighter vorbeikam, um ihre Häuser zu inspizieren, was zu Jürgens Erleichterung selten vorkam, lud sie Claude wegen seiner Ähnlichkeit mit Mick Jagger immer zum Abendessen ein. Als er das letzte Mal bei ihr zum Essen war, steckte sie einen steifen Ananasstängel in einen feuchten, dahinschmelzenden Brie und forderte ihn auf, zuzugreifen.

Endlich legte Jürgen auf. Er starrte die Picasso-Drucke an, als wollte er sie erwürgen. Er erzählte Claude, der mittlerweile sein T-Shirt ausgezogen hatte und in Boxershorts bäuchlings auf dem Boden lag, dass er Anweisung habe, im Flur *Guernica* aufzuhängen, um die gezackten Risse im Putz zu verdecken. Die Dwighter-Domina war offenbar beeindruckt von der Technik, mit der der große Künstler etwas über die conditio humana aussagte. Claude schaffte es mit Mühe, aufzustehen und eine von Jürgens ziemlich ramponierten CDs einzulegen. Sie hatte auf einem indischen Schmuckkästchen gelegen, auf dem »Musik aus Prag. Kets Lieblingssongs zum Runterkommen« stand.

Jemand klopfte an der Tür. Jürgen mochte keine Besucher, weil sie ausnahmslos irgendetwas von ihm wollten, was Arbeit machte. Diesmal war es die hübsche vierzehnjährige Tochter des britischen Dichterarsches. Sie trug einen kurzen weißen Rock, und natürlich sollte er etwas erledigen.

»Meine Mutter hat gesagt, ich soll mal rüberkommen und nachfragen, ob du für morgen den Reitausflug gebucht hast.«

Klugerweise nickte er, als hätte er nie an etwas anderes gedacht. »Komm rein. Claude ist auch da.«

Als Jürgen sagte, Claude sei auch da, schien die CD zu springen oder hängen zu bleiben oder so. Nina hörte eine Geige, im Hintergrund heulte ein Wolf, und die Sängerin hauchte etwas, was wie Schneewolkenbruch klang. Sie riskierte einen Blick Richtung Claude, der in seinen Boxershorts tanzte. Sein Rücken war so braun gebrannt und makellos, dass sie lieber die Wand fixierte.

»*Bonjour*, Nina. Die Hunde haben meine Jeans gefressen, deswegen habe ich jetzt nur noch meine Shorts. Die CD ist zerkratzt, aber ich mag sie, weil sie mir runterkommen hilft.«

Als sie mitleidig durch ihn hindurchschaute, fühlte

er sich wie eine von der geflochtenen Sohle ihrer roten Espadrillen zerquetschte Schnecke. Jürgen hatte die Hände in die knochigen Hüften gestemmt, sodass seine Ellbogen in Dreiecken nach außen zeigten. Anscheinend wollte er ihre Meinung zu seinen Rastalocken hören.

»Findest du, ich sollte mir die Haare abschneiden?«

»Ja.«

»Ich trage die Haare so, damit ich nicht wie mein Vater aussehe.«

Er lachte, und Claude lachte mit.

Schneewolkenbruch
Hinweggeweht
in den dunklen

Jürgen versuchte, seine Geografie auf die Reihe zu bekommen. »In Österreich hat meine Kindheit angefangen. Oder war es Baden-Baden? Mein Vater brachte mir bei, Bäume auf traditionelle Weise zu fällen.« Er kratzte sich am Kopf. »Ich glaube, es war etwas Österreichisches. Etwas Altes jedenfalls. Und, was für Musik hörst du gerne?«

»Meine Lieblingsband ist Nirvana.«

»Ah, du magst diesen Kurt Cobain mit den blauen Augen, stimmt's?«

Sie erzählte ihm, dass sie in ihrem Zimmer einen Kurt-Cobain-Schrein aufgebaut habe, nachdem er sich im Frühjahr erschossen hatte. Am fünften April, um genau zu sein, aber seine Leiche sei erst am achten April gefunden worden. An jenem Tag habe sie von morgens bis abends sein Album *In Utero* gehört.

Jürgen neigte seine Rastalocken auf die Seite. »Hat dein Vater Kitty Kets Gedicht schon gelesen?«

»Nein. Ich werde es selber lesen.«

Claude zog eine Schnute und stolzierte zum Kühlschrank. »Das halte ich für einen guten Plan. Willst du ein Bier?«

Sie zuckte mit den Schultern. Es war mitleiderregend, wie angestrengt Claude versuchte, ihr zu gefallen. Claude übersetzte ihr Schulterzucken mit einem begeisterten Ja.

»Bei Jürgen muss ich mein Bier selber mitbringen, er trinkt nämlich nur Karottensaft.«

Jürgen hatte gerade ein Motorrad vor seinem Häuschen anhalten hören. Das war sein Freund Jean-Paul, bei dem er immer Prozente bekam, wenn er einen Reitausflug buchte. Jean-Paul hatte zwar keine Pferde, sondern nur Ponys, aber die hatten auch Hufe und einen schönen Schwanz. Als er zur Tür hinauslief, um das Geschäft perfekt zu machen, bückte sich Claude nach seinem T-Shirt und zog es umständlich an.

Nina starrte alles Mögliche an, nur nicht ihn. Und dann setzte sie sich im Schneidersitz auf den Boden, den Rücken an die Wand gelehnt, während er mit einem Bier in der Hand zu ihr herüberkam. Er machte es ihr auf und setzte sich so nah neben sie, dass sich ihre Schenkel fast berührten.

»Und, genießt du den Urlaub hier?«

Sie nahm einen Schluck von dem bitter schmeckenden Bier. »Ich find's ganz okay.«

»Wenn du zu mir ins Café kommst, zeige ich dir den Außerirdischen in meiner Küche.«

Wovon redete er da? Sie merkte, wie sie näher zu ihm hinrutschte. Und dann wandte sie ihm das Gesicht zu und ließ ihre Augen sagen: Küss mich küss mich küss mich, und einen Augenblick lang hatte sie das Gefühl, er verstehe nicht ganz, was sie meine. Sie hatte immer noch das Bier in der Hand und stellte es auf den Boden.

Hinweggeweht
in den dunklen
Wald

Seine Lippen waren warm, und sie waren auf ihren. Sie küsste Mick Jagger, und er verschlang sie wie ein Wolf oder etwas Wildes, aber zugleich sanft und kein bisschen gelassen. Er sagte, sie sei so – so unglaublich. Sie rückte noch etwas näher heran, und dann war er still.

in den dunklen
Wald
wo Bäume bluten
Schneewolkenbruch

Als sie verstohlen die Augen öffnete und sah, dass seine geschlossen waren, schloss sie die Augen wieder, doch dann öffnete sich die Tür, und Jürgen stand mitten im Zimmer und schaute sie mit großen Augen an.

»Also mit dem Reitausflug geht alles klar.«

Ein Kusskoma hing in der Luft. Alles war plötzlich dunkelrot. Jürgen stützte die Hände in die Hüften, sodass seine Ellbogen nach außen wiesen und die Schwingungen durch die von seinen Armen gebildeten Dreiecke abfließen konnten.

»Bitte, du musst das Gedicht von der Ket lesen, damit du mir den Weg zu ihrem Herzen verraten kannst.«

Donnerstag

Der Plot

Nina öffnete die Tür zum Schlafzimmer ihrer Eltern und glitt auf Socken über den Fliesenboden. Sie trug trotz der Hitze Socken, weil ihr linker Fuß wegen eines Bienenstichs geschwollen war. Um sich für die vor ihr liegende Aufgabe Mut zu machen, hatte sie eine ganze Stunde damit verbracht, ihre Augenlider mit Kittys blauem Kajalstift anzumalen. Als sie in den Spiegel schaute, funkelten ihre braunen Augen zuversichtlich. Vom Fenster neben dem Bett aus sah sie, dass ihre Mutter sich draußen am Pool mit Laura unterhielt. Ihr Vater war nach Nizza gefahren, um die russisch-orthodoxe Kathedrale zu besichtigen, und Kitty Finch war wie immer mit Jürgen unterwegs. Sie wollten auf den Wiesen Kuhmist sammeln und auf Jürgens neuem Stück Garten verteilen, den sie »für den Sommer übernommen« hatte, wie sie es ausdrückte. Kein Mensch verstand, warum sie nicht einfach bei Jürgen in seinem kleinen Häuschen nebenan wohnte, aber ihre Mutter hatte angedeutet, dass Kitty vielleicht nicht ganz so »vernarrt« in ihn sei wie er in sie. Aus der Küche waren Schläge zu hören. Mitchell hatte eine Tafel dunkler Schokolade in ein Geschirrtuch gewickelt und hämmerte voller Begeisterung darauf ein. Draußen war es heiß, aber hier im Zimmer ihrer Eltern fröstelte sie, als wäre es tatsächlich eine Eisbahn. Sie wusste, wie der Umschlag aussah, aber sie konnte ihn nirgends liegen sehen. Was sie brauchte, war eine Taschenlampe, denn sie durfte keinesfalls das Licht einschalten und auf sich aufmerksam machen. Wenn jemand hereinkommen sollte, würde sie schnell im Bad verschwinden und sich hinter der Tür verstecken. Auf der Seite des Betts, auf der ihre Mutter schlief, sah sie ein Stück wächserne Honigwabe auf dem Nachttisch, das halb in eine Zeitungsseite eingewickelt war. Sie war offenbar mit der danebenliegenden grünen Kordel zugebunden gewesen. Als sie näher heranging, sah sie, dass es ein Geschenk ihres Vaters war, denn er hatte mit schwarzer Tinte quer über die Seite geschrieben:

Für meine Süßeste, wie immer mit all meiner Liebe,
Jozef.

Nina runzelte über den zähen, goldenen Honig, der aus den Löchern triefte, die Stirn. Falls ihre Eltern sich eigentlich doch ganz gern hatten, würde ihr das die Geschichte vermasseln, die sie sich zurechtgelegt hatte. Wenn sie über ihre Eltern nachdachte, und das tat sie praktisch die ganze Zeit, versuchte sie immer, die Teile zu einem Ganzen zusammenzufügen. Was war der Plot? Ihr Vater hatte sehr sanfte Hände, und gestern hatten sie ihre Mutter gestreichelt. Sie hatte beobachtet, wie sie sich im Flur geküsst hatten wie im Film, wie sie sich aneinandergeschmiegt hatten, während über ihren Köpfen die Motten gegen die Glühbirne knallten. Ihrer Meinung nach konnten ihre Eltern tragischerweise nicht einmal den Anblick des anderen ertragen und liebten nur sie. Dem Plot zufolge verließ ihre Mutter ihre einzige Tochter, um in Rumänien Waisen zu umarmen. Tragischerweise (so viel Tragik) hatte Nina im Haus der Familie den Platz ihrer Mutter eingenommen und war für ihren Vater zur teuersten Gefährtin geworden, die seine Laune und seine Bedürfnisse immer schon im Voraus erahnte. Doch als ihre Mutter sie fragte, ob sie Lust habe, mit ihr auf einen Eisbecher mit Wunderkerze in ein ganz besonderes Restaurant am Meer zu gehen, gerieten die Dinge ins Wanken. Und wenn ihre Eltern sich gestern geküsst hatten (die Laken auf ihrem ungemachten Bett sahen ziemlich zerwühlt aus) und wenn es zwischen ihnen eine Verständnisebene gab, von der sie ausgeschlossen war, dann lief der Plot allmählich aus dem Ruder. Erst nach sechs Minuten hektischer Suche fand sie endlich den Umschlag mit Kittys Gedicht. Sie hatte es aufgegeben, sich durch die Seidenhemden und Taschentücher zu wühlen, die ihr Vater immer so sorgfältig bügelte, und hatte auf allen vieren unters Bett gelugt. Als sie den Umschlag an den Pantoffeln ihres Vaters lehnen sah, neben zwei braunen Kakerlaken, die tot auf dem Rücken lagen, legte sie sich auf den Bauch, streckte ihren Arm aus und holte ihn hervor. Da war noch etwas anderes unter dem Bett, aber sie hatte keine Zeit herauszufinden, was es war.

Das Fenster zum Pool war ein Problem. Ihre Mutter saß auf den Stufen am seichten Ende und aß einen Apfel. Sie hörte, wie sie Laura fragte, warum sie Yoruba lerne, und wie Laura sagte: »Warum nicht? Mehr als zwanzig Millionen Menschen sprechen Yoruba.«

Sie kauerte sich auf den Boden, wo man sie nicht sehen konnte, und zog den Tesafilm ab, der den Umschlag verschloss. Er war leer. Sie kniff die Augen zusammen und spähte hinein. Ein Blatt Papier, das zu einem Rechteck von der Größe einer Streichholzschachtel zusammengefaltet war, steckte in einer Ecke des Umschlags wie ein alter Schuh im Schlamm eines Flusses. Sie fischte es heraus und faltete es sorgfältig auseinander.

Heim schwimmen
von
Kitty Finch

Nachdem sie es gelesen hatte, machte sich Nina nicht die Mühe, das Blatt wieder fein säuberlich zusammenzufalten. Sie stopfte es in den Umschlag und schob ihn wieder unters Bett zu den Kakerlaken. Warum hatte ihr Vater es nicht gelesen? Dann wüsste er genau, was im Kopf von Kitty Finch vorging.

Sie stieg die Treppe hinauf in den offenen Wohnbereich und steckte den Kopf durch die Terrassentür.

Ihre Mutter ließ die Beine im warmen Wasser baumeln und lachte. Es klang so ungewohnt, dass Nina die Stirn runzelte. Sie fand Mitchell in der Küche, wo er gerade Leber anbriet. Er hatte zum Kochen eines seiner farbenprächtigsten Hawaiihemden an.

»Hallo«, grunzte er. »Willst du einen Happen?«

Nina lehnte sich mit dem Rücken an den Kühlschrank und verschränkte die Arme.

»Was hast du denn mit deinen Augen angestellt?« Mitchell musterte das blau glitzernde Kajal, mit dem sie ihre Augenlider angemalt hatte. »Hat dir jemand ein Veilchen verpasst?«

Nina atmete tief ein, um nicht zu schreien.

»Ich glaube, Kitty will sich in unserem Pool ertränken.«

»Ach herrje.« Mitchell verzog das Gesicht. »Warum das denn?«

»Ist nur so ein Gefühl.«

Sie wollte nicht sagen, dass sie den für ihren Vater bestimmten Umschlag geöffnet hatte. Mitchell schaltete den Mixer ein und sah dabei zu, wie sich Kastanien und Zucker zu einem Mus vermengten und auf die Palmen auf seinem Hemd spritzten.

»Wenn ich dich jetzt in den Pool werfen würde, würdest du nicht mal untergehen. Nicht mal ich mit meinem dicken Bauch würde untergehen.«

Er musste schreien, um den Mixer zu übertönen. Nina wartete, bis er ihn ausgeschaltet hatte, damit sie flüstern konnte.

»Doch. Sie hat Steine gesammelt. Ich war dabei, als sie am Strand nach Steinen gesucht hat.« Sie erklärte, dass Kitty sich mit dem Ablauf des Pools beschäftigt und verrückte Sachen gesagt habe wie: »Man muss aufpassen, dass sich in den Rohren kein Haar verfängt.«

Mitchell betrachtete die Vierzehnjährige liebevoll. Er begriff, dass sie eifersüchtig war, weil ihr Vater Kitty so viel Aufmerksamkeit schenkte. Wahrscheinlich wünschte sie sich, dass das Mädchen ertrank.

»Kopf hoch, Nina. Nimm dir ’nen Löffel und probier das süße Kastanienmus. Später misch ich es mit Schokolade.« Er leckte sich die Finger ab. »Und ein kleines Stück Schokolade hebe ich für heute Nacht auf, für die Ratte.«

Sie kannte ein schreckliches Geheimnis, von dem niemand sonst etwas ahnte. Und es war nicht das einzige Geheimnis. Gestern, als sie bei Kitty auf dem Bett gesessen und ihr dabei geholfen hatte, die Samen aus ihren Pflanzen herauszupulen, hatte draußen im Garten ein Vogel gesungen. Kitty Finch hatte die Hände vors Gesicht geschlagen und geschluchzt, als gäbe es kein Morgen.

Sie musste mit ihrem Vater reden, aber der war in Nizza, auf dem Weg zu irgendeiner russischen Kirche; dabei hatte er einmal zu ihr gesagt, falls sie jemals versucht sein sollte, an Gott zu glauben, könnte das ein Zeichen für einen Nervenzusammenbruch sein. Und noch etwas machte ihr Sorgen. Es war das Ding unter dem Bett, aber darüber wollte sie nicht nachdenken, weil es etwas mit Mitchell zu tun hatte, und überhaupt rief gerade ihre Mutter, dass es Zeit für den Reitausflug sei.

Ponyland

Die Ponys standen im Schatten an der Tränke. Fliegen krabbelten über ihre angeschwollenen Bäuche und kurzen Beine und in ihre braunen Augen, die ständig zu tränen schienen. Während Nina der Frau, die die Ponys vermietete, dabei zusah, wie sie ihnen die Schwänze bürstete, beschloss sie, dass sie ihrer Mutter von Kittys Ertränkungsgedicht, wie sie es mittlerweile nannte, erzählen musste. Kitty sprach mit der Ponyfrau französisch und sah nicht wie jemand aus, der vorhatte, sich zu ertränken. Sie hatte ein kurzes blaues Kleid an, und in ihren Haaren steckten kleine weiße Federn, als wäre in der Nacht ihr Kissen geplatzt.

»Wir müssen immer dem Weg nach. An den Ästen ist eine orangefarbene Plastiktüte festgebunden. Die Frau sagt, wir müssen dem orangefarbenen Plastik folgen und das Pony auf beiden Seiten führen.«

Nina, die mit ihrer Mutter allein sein wollte, sah sich gezwungen, ein graues Pony mit langen, schorfigen Ohren auszusuchen und so zu tun, als habe sie eine perfekte Kindheit.

Das kleine Pony hatte keine Lust, eine Stunde lang vermietet zu werden. Alle zwei Minuten blieb es stehen, um zu grasen und den Kopf an der Rinde eines Baumes zu reiben. Nina war ungeduldig. Sie hatte Wichtiges im Kopf, nicht zuletzt die Steine, die sie mit Kitty am Strand gesammelt hatte; sie war sich nämlich sicher, dass sie im Gedicht vorkamen. Sie hatte gesehen, dass die Worte »Steine des Ertränkens« in der Mitte der Seite unterstrichen waren.

Ihr fiel auf, dass ihre Mutter sich plötzlich für alles Mögliche interessierte. Wenn Kitty sie auf Bäume und verschiedene Arten von Gräsern hinwies, bat Isabel sie, die Namen noch einmal zu wiederholen. Kitty erklärte gerade, dass bestimmte Insekten in dieser Hitzewelle darauf angewiesen seien, Nektar zu trinken. Ob Isabel gewusst habe, dass Honig aus nichts anderem als Spucke und Nektar bestehe? Wenn Bienen Nektar aufsaugten, mischten sie ihn mit ihrem Speichel und speicherten ihn in ihrer Honigblase. Dann würgten sie den Inhalt ihrer Honigblase hervor, und das Ganze beginne von vorne. Kitty redete, als wären sie eine große, glückliche Familie, und hielt dabei die ganze Zeit das Seil zwischen Daumen und Zeigefinger. Nina saß stumm auf dem Pony und starrte missmutig auf die Streifen blauen Himmels, die zwischen den Bäumen zu sehen waren. Wenn sie den Himmel auf den Kopf stellen würde, müsste das Pony durch Wolken und Dunst schwimmen. Der Himmel würde dann aus Gras bestehen, und Insekten würden über den Himmel laufen. Der Weg schien sich in Luft aufgelöst zu haben, denn an den Bäumen hingen keine orangefarbenen Plastiktüten mehr. Sie waren aus dem Pinienwald heraus auf eine Lichtung neben einem Café gekommen. Gegenüber dem Café lag ein See. Nina suchte die Bäume nach orangefarbenen Plastikfetzen ab und wusste, dass sie sich verlaufen hatten, aber Kitty war das egal. Sie winkte und versuchte eine Frau auf sich aufmerksam zu machen, die alleine auf der Terrasse des Cafés saß.

»Da ist Dr. Sheridan. Sagen wir kurz Hallo.«

Sie führte das Pony ohne Umschweife von dem ab, was vom Weg noch übrig war, und die drei flachen Betonstufen zu Madeleine Sheridan hinauf, die ihre Brille abgenommen und neben ihr Buch auf den weißen Plastiktisch gelegt hatte.

Nina fühlte sich auf dem Pony hilflos, während Kitty sie an der ratlosen Kellnerin vorbeiführte, die gerade ein Tablett Orangina zu einer Familie am Nachbartisch trug. Die alte Frau hatte gerade einen Zuckerwürfel in ihren Kaffee tun wollen und schien mitten in der Bewegung erstarrt zu sein. Es war, als ob der Anblick einer schlanken jungen Frau in einem kurzen blauen Kleid, deren rotes Haar sich ihren Rücken hinabschlängelte und die ein graues Pony auf die Terrasse eines Cafés führte, eine Vision war, die man nur aus dem Augenwinkel betrachten konnte. Niemand fühlte sich in der Lage einzugreifen, weil sie nicht ganz verstanden, was sie da eigentlich sahen. Nina erinnerte das daran, wie sie einmal eine Sonnenfinsternis durch ein Loch in einem bunten Blatt Papier verfolgt hatte, damit die Sonne sie nicht blendete.

»Wie geht es Ihnen, Frau Doktor?«

Kitty zog am Seil und gab dem Pony einen Zuckerwürfel. Mit der einen Hand immer noch das Seil festhaltend legte sie der alten Frau den Arm um die Schulter.

Als Madeleine Sheridan schließlich den Mund aufmachte, war ihre Stimme ruhig und bestimmt. Sie trug einen roten Schal, der aussah wie der Mantel eines Stierkämpfers mit angenähten Bommeln.

»Bleib auf dem Weg, Kitty. Du kannst hier nicht einfach ein Pony herführen.«

»Der Weg hat sich in Luft aufgelöst. Es gibt keinen Weg, auf dem man bleiben könnte.« Sie lächelte. »Ich warte immer noch darauf, dass Sie mir meine Schuhe zurückbringen, wie Sie es versprochen hatten. Die Krankenschwestern haben sich beschwert, ich hätte schmutzige Füße.«

Nina sah zu ihrer Mutter hinüber, die jetzt links vom Pony stand. Kittys Hände zitterten, und sie redete zu laut.

»Ich bin überrascht, dass Sie meinen neuen Freunden noch nicht erzählt haben, was Sie mir angetan haben.« Sie wandte sich zu Isabel um und ahmte ein Horrorfilmflüstern nach: »Dr. Sheridan hat gesagt, ich sei krankhaft veranlagt.«

Zu Ninas Entsetzen begann ihre Mutter allen Ernstes zu lachen, als habe Kitty ihr einen Witz erzählt.

Die Kellnerin brachte einen Teller mit Würstchen und grünen Bohnen, knallte ihn vor Madeleine Sheridan auf den Tisch und murmelte ihr auf Französisch etwas zu, von wegen das Pony müsse verschwinden.

Kitty zwinkerte Nina zu. Erst mit dem linken Auge. Dann mit dem rechten Auge. »Die Kellnerin ist es nicht gewohnt, dass Ponys hier frühstücken wollen.«

Bei diesem Stichwort machte das Pony sich daran, an den Würstchen zu lecken, und die Kinder am Nachbartisch lachten.

Kitty nahm einen kleinen Schluck vom unberührten

Kaffee der Frau Doktor. Jetzt zwinkerten ihre Augen nicht mehr. »Um genau zu sein« – ihre Knöchel wurden plötzlich weiß, weil sie das Seil, mit dem das Pony auf dem Weg gehalten werden sollte, fester packte – »hat sie mich einsperren lassen.« Sie wischte sich mit dem Handrücken den Mund ab. *»Sie fand mich so peinlich, dass sie einen Krankenwagen rief.«*

Kitty nahm das Messer vom Teller, ein scharfes Messer, und fuchtelte Madeleine Sheridan damit vor dem Hals herum. Sämtliche Kinder im Café, einschließlich Nina, schrien auf. Sie hörte, wie die alte Frau mit verzerrter Stimme zu ihrer Mutter sagte, Kitty sei krank und unberechenbar. Kitty schüttelte den Kopf und schrie sie an.

»Sie sagten, Sie würden meine Kleider holen. Ich habe auf Sie gewartet. Sie *Lügnerin*. Ich dachte, Sie wären nett, aber wegen Ihnen haben sie mir Stromschläge verpasst. Und das dreimal. Die Schwester wollte sogar einen Teil meiner *Haare* abrasieren.«

Die Spitze des Messers befand sich einen Zentimeter vor der milchig-weißen Perlenkette von Madeleine Sheridan.

»Ich will hier weg!«, rief Nina ihrer Mutter zu und versuchte, das Gleichgewicht zu halten, während das Pony mit nunmehr gespitzten Ohren einen Satz auf das Zuckerschälchen zumachte.

Isabel versuchte die Steigbügel zu entwirren, damit Nina absteigen konnte. Die Kellnerin half ihr mit den Schnallen, und schließlich schaffte es Nina, ihr Bein über den Sattel zu schwingen, traute sich aber nicht abzuspringen, weil das Pony sich unvermittelt aufbäumte.

Im Café rief jemand den Parkwächter an.

»Die haben meine Gedanken verbrannt, um sie zu vertreiben.«

Als sie noch einen Schritt auf Madeleine Sheridan zuging und mit dem Messer vor ihrem erschrockenen, versteinerten Gesicht herumfuchtelte, wurden zwei kleine weiße Federn aus ihren Haaren zu Nina hinübergeweht, die immer noch versuchte abzusteigen.

»Die Ärzte haben mich durch ein Guckloch heimlich *beobachtet*. Sie haben mich gezwungen, *Fleisch* zu essen. Ich habe versucht, mein Gesicht einzucremen, aber meine Kiefer haben von den Elektroschocks so *weh* getan. Lieber würde ich *sterben*, als mich noch einmal so behandeln zu lassen.«

Nina hörte sich etwas sagen.

»Kitty will sich ertränken.«

Es war, als könne niemand ihre Stimme hören außer ihr selbst. Sie sagte etwas Wichtiges, aber anscheinend war es nicht wichtig genug.

»Katherine will sich ertränken.«

Selbst in ihren eigenen Ohren klang es nur wie ein Flüstern, aber sie hatte den Eindruck, die alte Frau Doktor habe sie trotzdem gehört. Ihre Mutter hatte es irgendwie geschafft, Kitty das Messer abzunehmen, und Nina hörte Madeleine Sheridan mit wackliger Stimme sagen: »Ich muss die Polizei verständigen. Ich rufe ihre Mutter an. Und zwar sofort.« Dann verstummte sic, weil Jürgen plötzlich auftauchte.

Es war, als hätte Kitty ihn im Geist heraufbeschworen. Er sprach mit dem Parkwächter, der den Kopf schüttelte und nervös aussah.

»Ich habe Zeugen.« Die Bommeln an Madeleine Sheridans rotem Umhang hüpften auf und ab, als seien sie die Zeugen, von denen sie sprach.

Kitty packte Jürgens Arm und hielt sich an ihm fest. »Hören Sie nicht auf Dr. Sheridan. Sie ist von mir besessen. Ich weiß nicht, warum, aber so ist es. Fragen Sie Jürgen.«

Jürgens verschlafene Augen blinzelten hinter seinen runden Brillengläsern.

»Komm, Kitty Ket, ich bring dich heim.« Er sagte auf Französisch etwas zu Madeleine Sheridan und legte Kitty dann den Arm um die Hüfte. Sie hörten, wie er sie mit seiner Stimme beruhigte. »Forget forget Kitty Ket. Wir sind alle krank von der Luftverschmutzung. Wir müssen ein Naturheilmittel nehmen.«

Madeleine Sheridans Augen glühten wie Kohlen. Sie wollte die Polizei rufen. Das war ein Überfall. Ein Anschlag. Sie sah aus wie ein Matador, der gerade von einem Stier auf die Hörner genommen worden war. Der Parkwächter klimperte mit dem an seinem Gürtel befestigten Schlüsselbund. Die Schlüssel waren fast so groß wie er. Er wollte wissen, wo die junge Frau wohne. Wie lautete ihre Adresse? Wenn Madame wolle, dass er die Polizei rief, würden sie das wissen wollen. Isabel erklärte, dass Kitty vor fünf Tagen aufgetaucht sei, und da sie keine Bleibe gehabt habe, hätten sie ihr ein Zimmer in ihrer Ferienvilla überlassen.

Er legte die Stirn in Falten, während sein winziger Daumen mit seinen Schlüsseln spielte. »Aber sie müssen ihr doch Fragen gestellt haben?«

Isabel nickte. Sie hatten ihr Fragen gestellt. Jozef hatte gefragt, was ein Blatt sei. Und eine Kotyledone.

»Ich glaube, es ist nicht nötig, die Polizei zu behelligen. Es handelt sich bei diesem Streit um eine Privatangelegenheit. Madame ist erschrocken, aber unverletzt.«

Sie sprach mit sanfter Stimme und leichtem walisischem Akzent.

Der Parkwächter gestikulierte jetzt. »Irgendwo muss die junge Frau ja hergekommen sein.« Er hielt inne, um zwei Männern in schlammverschmierten Stiefeln zuzunicken, die offenbar seine Erlaubnis brauchten, um mit der Kreissäge ein Stück Holz durchzusägen.

»Ja«, blaffte Madeleine Sheridan, »sie kommt aus einer Klinik im britischen Kent.« Sie spielte mit dem Perlenknoten an ihrem Hals, der Ziel des Anschlags gewesen war, und wandte sich an Isabel Jacobs. »Soweit ich weiß, hat Ihr Mann sie morgen auf einen Cocktail ins Negresco eingeladen.«

Freitag

Auf dem Weg wohin?

Immer wieder blieb jemand stehen und sah sie an. Konnte sich gar nicht sattsehen am Anblick dieser strahlenden jungen Frau im grünen Seidenkleid, die zu schweben schien. Das linke Riemchen an ihren weißen Stepptanzschuhen war aufgegangen, als wolle es dazu beitragen, sie über die Zigarettenstummel und das Schokoladenpapier auf den Pflastersteinen zu erheben. Mit ihrer hochgesteckten Haarpracht war Kitty Finch fast so groß wie Joe Jacobs. Während sie im silbrigen Licht des späten Nachmittags die Promenade des Anglais entlangspazierten, schneite es auf die Dächer von Nizza Möwen. Sie hatte das kurze weiße Federcape lässig um die Schultern gelegt, die Satinschleife lose um den Hals gebunden. Die Federn flatterten im Wind, der vom Mittelmeer herüberwehte, einem Meer, dachte Joe, das dieselbe Farbe hatte wie der glitzernde blaue Lidschatten auf ihren Augenlidern.

In der Ferne sahen sie die rosafarbene Kuppel des Hotel Negresco. Er hatte ihr zu Ehren seinen Nadelstreifenanzug angezogen und sogar die neue Flasche Parfum aufgemacht, die aus Zürich gekommen war. Seine Parfumeurin, die letzte Alchemistin, die es im 20. Jahrhundert noch gab, hatte ihm versichert, dass die Kopfnote nebensächlich sei und die Basisnote sich erst bemerkbar mache, wenn er schwitze. Kitty hakte sich mit ihrem nackten Arm in seinen nadelgestreiften Arm ein, ein senkrechter roter Streifen, der dem Tausendfüßler, den er im Fluss gefangen hatte, nicht unähnlich war. Sie erzählte ihm nicht, was zwischen ihr und Madeleine Sheridan vorgefallen war (das hatte sie bereits stundenlang mit Jürgen besprochen), und er erzählte ihr nicht, wie er sich in der russisch-orthodoxen Kathedrale zu seiner Überraschung hingekniet und zuerst eine, dann zwei Kerzen angezündet hatte. Die Anspannung des Wartens bis zu ihrem Wiedersehen hatte sie Dinge tun lassen, die sie selbst nicht verstanden.

Als sie schließlich am marmornen Eingang anlangten, hielt ihnen der Portier in karminroter Jacke und weißen Handschuhen respektvoll die Tür auf, deren gläsernen Bogen in goldenen Lettern die Aufschrift NEGRESCO zierte. Ihr Federcape flatterte hinter ihr her wie die Flügel des Schwans, dem man diese Federn ausgerupft hatte. Es war weniger ein Hineinspazieren als ein Hineingleiten in die sparsam beleuchtete Hotelbar mit ihren ausgebleichten roten Samtsesseln und Wandteppichen.

»Sehen Sie die Ölgemälde von Edelmännern in ihren Palästen?«

Er blickte auf zu den Porträts, die ehrwürdig wirkende, blasse Adlige zeigten, die in kühlen, mit Marmor ausgekleideten Räumen auf mit Gobelins bezogenen Stühlen posierten.

»Mhm, tja, meine Mutter poliert ihnen das Silber und wäscht ihnen die Unterhosen.«

»Ist sie eine Putzfrau?«

»Ja. Sie hat früher für Rita Dwighter die Villa geputzt. Deshalb darf ich manchmal umsonst dort übernachten.«

Das Geständnis ließ sie erröten, aber er hatte eine Antwort.

»Meine Mutter war auch eine Putzfrau. Als Kind habe ich immer Eier für sie gestohlen und in meinen Hosentaschen mit nach Hause gebracht.«

Sie setzten sich nebeneinander auf zwei antike Stühle. Die weißen Federn ihres Capes zitterten, als er flüsterte: »Da ist eine Nachricht für uns auf dem Tisch. Ich glaube, sie ist von Marie Antoinette.«

Kitty streckte die Hand aus und nahm die weiße Karte, die an einer Blumenvase lehnte.

»Da steht, der Cocktail des Monats ist Champagner mit einer sogenannten Crème de Fraise des Bois.«

Joe nickte, als handle es sich dabei um eine äußerst wichtige Information.

»Nach der Revolution sollen alle den Cocktail des Monats bekommen. Sollen wir uns trotzdem jetzt schon mal einen gönnen?«

Kitty nickte begeistert.

Der Kellner stand bereits am Tisch und nahm seine Bestellung auf, als sei es ihm eine große Ehre. Ein gelangweilter Musiker im fleckigen weißen Smoking saß in der Ecke der Bar am Klavier und spielte »Eleanor Rigby«. Sie schlug die Beine übereinander und wartete darauf, dass er etwas über ihr Gedicht sagte. Letzte Nacht hatte sie etwas gesehen, was ihr Angst gemacht hatte, und sie wollte ihm davon erzählen. Wieder stand der Junge neben ihrem Bett. Er winkte wie wild, als wolle er sie um Hilfe bitten, und er hatte zwei Hühnereier in den Hosentaschen. Er war in ihren Kopf eingedrungen. Sie war dazu übergegangen, die Spiegel zu verhängen, für den Fall, dass er wieder auftauchen sollte. Sie versteckte die Hände unter der Tasche auf ihrem Schoß, damit er nicht sah, dass sie zitterten.

»Erzählen Sie mir mehr von Ihrer Mutter. Sieht sie so aus wie Sie?«

»Nein, sie ist fettleibig. Jeder ihrer Arme ist so dick wie mein ganzer Körper.«

»Sie kennt die Frau, der die Villa gehört, sagten Sie?«

»Ja. Rita Dwighter.«

»Erzählen Sie mir mehr von Rita Dwighter, ihrer Häusersammlung und ihren Problemen.«

Sie wollte nicht über die Chefin ihrer Mutter reden. Seine Gleichgültigkeit gegenüber dem Umschlag, den sie unter seiner Schlafzimmertür hindurchgeschoben hatte, sie war wie ein Granatsplitter in ihrem Arm. Ständig wechselte er das Thema. Sie holte tief Luft und roch den Klee in seinem Parfum.

»Rita hat so viel Besitz angehäuft, dass sie mittlerweile im spanischen Steuerexil lebt. Dadurch darf sie sich aber jedes Jahr nur noch so und so viele Tage in England aufhalten. Als meine Mutter ihr prophezeit hat, dass sie wie eine Frau auf der Flucht sein wird, war sie beleidigt und hat gemeint, ihr Seelenklempner habe zu ihr gesagt, sie müsse lernen, ihre Gier zu akzeptieren.«

Er lachte und versenkte seine Finger in die kleine Schüssel mit Nüssen, die auf dem Tisch stand. Sie stießen an und nahmen den ersten Schluck vom Cocktail des Monats.

»Was ist Ihr Lieblingsgedicht, Kitty?«

»Meinen Sie ein Gedicht, das ich selbst geschrieben habe, oder eines von jemand anderem?« Mittlerweile musste er doch wissen, dass er ihr Lieblingsdichter war. Deshalb war sie hier. Seine Worte waren in ihr. Sie verstand sie, ehe sie sie las. Aber er wollte es nicht zugeben. Er war immer gut gelaunt. So verdammt gut gelaunt, dass sie den Eindruck nicht loswurde, er schwebe in höchster Gefahr.

»Ich meine, mögen Sie gerne Walt Whitman oder Byron oder Keats oder Sylvia Plath?«

»Oh, ach so.« Sie nippte an ihrem Cocktail. »Also, da habe ich einen klaren Favoriten. Mein Lieblingsgedicht ist von Apollinaire.«

»Welches denn?«

Sie kippte ihren Stuhl nach vorne und schnappte sich den Füller, den er immer an sein Hemd steckte wie ein Mikrofon.

»Geben Sie mir Ihre Hand.«

Als er seine Hand auf ihr Knie legte, sodass seine Handfläche einen verschwitzten Abdruck auf ihrem grünen Seidenkleid hinterließ, rammte sie ihm die Feder so heftig in die Haut, dass er zusammenzuckte.

Sie war stärker, als sie aussah, denn sie hielt seine Hand fest, und er konnte oder wollte sie nicht wegziehen.

Sie fügte ihm mit seinem eigenen Füller Schmerzen zu, indem sie ihm eine Tätowierung aus schwarzen Lettern auf die Haut tuschte.

E
S

R
E
G
N
E
T

Er starrte auf seine brennende Hand. »Warum gefällt es Ihnen so gut?«

Sie setzte den Sektkelch an die Lippen und steckte ihre Zunge hinein, um die letzten Reste Erdbeerfruchtfleisch herauszulecken.

»Weil es immer regnet.«

»Tatsächlich?«

»Ja. Sie wissen, dass es so ist.«

»Tu ich das?«

»Wenn man traurig ist, regnet es immer.«

Die Vorstellung von Kitty Finch im unablässigen Regen, wie sie im Regen spazieren ging, im Regen schlief und einkaufte, schwamm und Pflanzen sammelte, faszinierte ihn. Seine Hand lag noch immer auf ihrem Knie. Sie hatte die Kappe nicht wieder auf den Füller geschraubt. Er wollte ihn zurückverlangen, aber stattdessen hörte er sich fragen, ob sie noch einen Cocktail wolle. Sie war ganz in Gedanken versunken. Saß mit seinem Füller in der Hand vollkommen aufrecht auf ihrem samtbezogenen Sessel. Die goldene Feder zeigte zur Decke. Kleine Schweißdiamanten rannen ihren langen

Hals hinab. Er ging zur Bar und stützte die Ellbogen auf den Tresen. Vielleicht sollte er jemanden vom Personal bitten, ihn heimzufahren? Es war unmöglich. Es war ein unmöglicher Flirt mit der Katastrophe, aber es war bereits geschehen, es geschah in diesem Augenblick. Es war schon oft passiert, und jetzt passierte es wieder, aber er musste bis zum Schluss dagegen ankämpfen. Er starrte auf den schwarzen Regen, den sie ihm auf die Hand gemalt hatte, und sagte sich, dass er dazu diene, seine Entschlossenheit aufzuweichen. Sie war clever. Sie wusste, was Regen bewirkte. Er machte Hartes weich. Er sah sie in ihrer Tasche nach etwas suchen. Sie hatte ein Buch in der Hand, eines seiner Bücher, und unterstrich auf der aufgeschlagenen Seite etwas mit seinem Füller. Vielleicht war sie eine hervorragende Schriftstellerin? Auf diesen Gedanken war er noch gar nicht gekommen. Vielleicht war das ihr Geheimnis?

Joe bestellte noch zwei Cocktails des Monats. Der Barkeeper sagte dem Monsieur, er bringe sie zum Tisch, wenn sie fertig seien, aber er wollte noch nicht zu seinem antiken Sessel zurück. Sie kannte sich erstaunlich gut aus mit Gedichten. Für eine Botanikerin. Warum hatte er ihr nicht gesagt, dass er ihr Gedicht gelesen hatte? Was hielt ihn davon ab? Sollte er auf seinen Instinkt vertrauen und nicht erkennen lassen, dass er die Drohung gelesen hatte, die sie in den Umschlag gesteckt hatte? Er trug die eisgekühlten Sektkelche zu ihr hinüber. Diesmal stürzte er seinen Erdbeerchampagner hinunter wie ein Glas Bier. Er beugte sich vor zu ihren erdbeerchampagnernassen Lippen und küsste sie. Als sie ihn gewähren ließ, küsste er sie noch einmal, und seine silberschwarzen Haare mischten sich mit ihren roten Locken. Er spürte ihre blassen, von Mascara rußigen Wimpern an seiner Wange, während er ihren langen Hals festhielt und ihre grün lackierten Fingernägel sich in sein Knie krallten.

»Wir küssen uns im Regen.« Ihre Stimme war hart und weich zugleich. Wie die samtbezogenen Sessel. Wie der schwarze Regen auf seiner Hand.

Sie hielt die Augen fest geschlossen. Er führte sie auf den schweren österreichischen Kronleuchter in der Lobby zu. In ihrem Kopf drehte sich alles, und sie brauchte dringend etwas Wasser. Sie hörte ihn den Italiener an der Rezeption fragen, ob noch Zimmer frei seien. Sie öffnete die Augen. Der schlanke Italiener drückte mit den Fingern auf der Tastatur seines Computers herum. Ja, er habe noch ein Zimmer. Es sei aber nicht im Art-déco-Stil eingerichtet, sondern im Stil Ludwigs XIII., und es habe keinen Meerblick. Joe gab ihm seine Kreditkarte. Der Page führte sie in einen mit Spiegeln verkleideten Aufzug. Er trug weiße Handschuhe. Er drückte ein paar Knöpfe. Sie schaute die vielen Spiegelbilder von Joes schwitzendem, um ihre Hüfte gelegten Arm an, und die grüne Seide ihres Kleides zitterte, während sie in dem nach Leder riechenden Aufzug lautlos in den dritten Stock hinaufglitten.

Metaphern

Madeleine Sheridan lud Isabel förmlich in die Maison Rose ein. Sie gab ihr ein Glas Sherry und sagte, sie solle es sich auf der unbequemen Chaiselongue bequem machen. Sie setzte sich der verheirateten Journalistin gegenüber in den Sessel und nahm vorsichtig ein paar silberne Haarsträhnen aus ihrem Whiskyglas. Ihre Augen waren so trüb wie der Pool, über den Kitty Finch sich bei Jürgen beschwert hatte, und sie hatte das Gefühl, ihre Sehkraft schwinde. Doch das machte sie nur umso entschlossener, Isabel Jacobs dabei zu helfen, die Dinge klar zu sehen. Ihr verständlich zu machen, dass es eine ernste Sache war, mit einem Messer bedroht zu werden, und seltsamerweise spürte sie in ihrem Hals einen stechenden Schmerz, obwohl Kitty Finch ihren Hals in Wirklichkeit gar nicht berührt hatte. Sie war ganz Dr. Sheridan und gar nicht Madeleine, als sie ausführte, sie habe Kittys Mutter angerufen, sie werde am frühen Sonntagmorgen eintreffen. Mrs Finch werde vom Flughafen zur Villa fahren, um ihre Tochter abzuholen und mit nach Hause zu nehmen. Isabel hielt den Blick auf ihre Sandalen gesenkt.

»Sie scheinen davon überzeugt zu sein, dass sie schwer krank ist, Madeleine.«

»Ja. Natürlich ist sie das.«

Immer wenn Isabel etwas sagte, kam es Madeleine Sheridan vor, als spreche sie einen Nachrichtenbeitrag. Ihre Mission, der exotischen Jacobs-Familie dabei behilflich zu sein, die Dinge so zu sehen, wie sie wirklich waren, war in vollem Gange.

»Das Leben ist eine Aufgabe, die ihr sehr schwer fällt, aber sie will sie gar nicht bewältigen. Das wissen wir ja von Nina.«

Isabel nippte an ihrem Sherry.

»Aber Madeleine ... Es ist nur ein Gedicht.«

Dr. Sheridan seufzte. »Das Mädchen war schon immer ein wenig verkorkst. Aber was für eine Schönheit, nicht wahr?«

»Sie ist wunderschön, ja.« Isabel hörte sich diesen Satz mit einigem Unbehagen sagen, als mache er ihr Angst.

»Wenn ich fragen darf, Isabel ... Warum haben Sie eine Fremde bei sich aufgenommen?«

Isabel zuckte mit den Schultern, als sei die Antwort völlig offensichtlich.

»Sie hatte keine Bleibe, und wir haben mehr Zimmer, als wir brauchen. Ich meine, wer braucht schon fünf Bäder, Madeleine?«

Madeleine Sheridan versuchte, durch Isabel hindurchzusehen, aber wie sie sich eingestehen musste, sah sie nichts als einen verschwommenen Fleck. Ihre Lippen bewegten sich. Sie führte ein Selbstgespräch auf Französisch, weil das, was sie sagte, für die englische Sprache ziemlich unziemlich war. Ihre Gedanken erzeugten an ihrem Gaumen einen harten Laut, Kah, Kah, Kah, als sei sie tatsächlich von Kitty Finch besessen, die Jürgen und alle anderen, die sie zu manipulieren und faszinieren vermochte, aus unerfindlichen Gründen so vergötterten.

Seit drei Wochen beobachtete sie die Familie Jacobs jetzt schon vom besten Platz des Theaters aus, dem Stuhl in der nicht einsehbaren Ecke ihres Balkons. Isabel Jacobs mochte Kitty Finch in die Arme ihres lächerlichen Mannes getrieben haben, aber das war ein waghalsiges Manöver, das sie ihre Tochter kosten würde. Ja. Wenn ihr Mann das kranke Mädchen verführte, würde es unmöglich sein, zu ihrem vorherigen Leben zurückzukehren. Isabel müsste ihren Mann dann auffordern, das gemeinsame Haus zu verlassen. Wie eine Attentäterin müsste Nina Jacobs sich entscheiden, welchen Elternteil sie entbehren könnte. War Isabel nicht klar, dass Nina sich bereits an ein Leben ohne ihre Mutter gewöhnt hatte? Madeleine Sheridan versuchte ihre Lippen zum Schweigen zu bringen, weil sie so unerfreuliche Dinge sagten. Sie konnte mit Mühe erkennen, dass Isabel auf der Chaiselongue hin und her rutschte. Die Beine übereinanderschlug. Sie wieder nebeneinanderstellte. Draußen herrschte eine derartige Hitze, dass sie die altersschwache Klimaanlage eingeschaltet hatte. Sie ächzte über ihrem Kopf. Madeleine spürte (auch wenn sie es nicht sah), dass Isabel eine mutige Frau war. Im Medizinstudium hatte sie Frauen beobachtet, die sich zu Kardiologinnen, Gynäkologinnen oder Knochenkrebsspezialistinnen ausbilden ließen. Dann bekamen sie Kinder, und etwas geschah mit ihnen. Sie wurden müde. Ständig. Madeleine Sheridan wollte, dass diese gepflegte, rätselhafte Frau, die in ihrem Wohnzimmer saß, welkte, erschöpft war, irgendeine Schwäche zeigte, wünschte sich, dass sie sie brauchte, und vor allem, dass sie dieses Gespräch zu würdigen wüsste.

Stattdessen rollte die betrogene Ehefrau ihre langen

schwarzen Haare um die Finger und fragte, ob sie noch einen Sherry bekommen könne. Sie war geradezu kokett.

»Seit wann sind Sie im Ruhestand, Madeleine? Ich habe viele Ärztinnen interviewt, die unter äußerst schwierigen Bedingungen gearbeitet haben. Ohne Tragbahren, ohne Lampen, manchmal ohne Medikamente.«

Madeleine Sheridans Hals tat weh. Sie neigte sich zu der Frau, die sie zugrunde zu richten versuchte, holte kurz Luft und wartete darauf, dass die Worte kamen, über ihre Arbeit, bevor sie in den Ruhestand ging, und über die Schwierigkeit, Patienten mit niedrigem Einkommen dazu zu bewegen, mit dem Rauchen aufzuhören.

»Heute ist mein Geburtstag.«

Sie hörte, wie leise und flehentlich ihre Stimme klang, aber für den Versuch, einen anderen Ton anzuschlagen, war es zu spät. Hätte sie es noch einmal sagen können, so hätte es ganz unbeschwert und nonchalant geklungen, amüsiert, dass sie überhaupt noch am Leben war. Isabel wirkte ehrlich überrascht.

»Herzlichen Glückwunsch zum Geburtstag! Wenn ich das gewusst hätte, hätte ich eine Flasche Sekt mitgebracht.«

»Ja. Vielen Dank, das ist sehr freundlich von Ihnen.« Madeleine Sheridan hörte, dass sie jetzt wieder wie ein statusbewusstes Mitglied der englischen Mittelschicht klang.

»Jemand ist in meinen Garten eingedrungen und hat meine Rosen gestohlen. Und ich weiß natürlich, dass Kitty Finch sehr wütend auf mich ist.«

Die exotische Frau des Dichters sagte, so etwas wie der Diebstahl einer Rose sei nicht gerade ein Beweis, dass jemand geisteskrank sei, und überhaupt sei es schon spät und sie wolle ihrer Tochter Gute Nacht sagen. Im Fenster gegenüber sah sie, wie der Vollmond über den Himmel zog. Was hatte die Frau des Dichters vor? Sie kam auf sie zu. Sie näherte sich ihr. Sie roch nach Honig.

Isabel Jacobs wünschte ihr noch einmal alles Gute zum Geburtstag, und sie spürte ihre warmen Lippen auf ihrer Wange. Der Kuss tat genauso weh wie der Schmerz in ihrem Hals.

Fremde Sprachen

Nina schlief, aber im Traum war sie wach und ging zu dem Zimmer hinunter, in dem Kitty auf ihrem Bett lag. Ihr Gesicht war aufgedunsen, die Lippe aufgeplatzt. Sie sah aus wie Kitty, aber nur ein bisschen. Sie hörte Kitty ihren Namen flüstern.

Nina schlich vorsichtig näher. Kittys Augenlider waren mit grünem Lidschatten gepudert. Sie sahen aus wie Blätter. Nina setzte sich ans Ende des Bettes. Kitty war tabu, denn sie war gefährlich. Sie machte gefährliche Sachen. Nina schluckte und teilte der toten Kitty ein paar Dinge mit.

Deine Mutter kommt dich abholen.

Sie legte eine blaue Zuckerschaummaus neben Kittys Fuß. Der winzige Schwanz war aus einem Stück Schnur gemacht. Nina hatte sie unter Kittys Bett gefunden.

Und ich hab dir Seife gekauft.

Sie hatte viele Male beobachtet, wie Kitty sich Seifen anschaute, aber in ihrem Bad gab es keine, und sie sagte, sie habe ihr ganzes Geld für den Mietwagen ausgegeben.

Ich hab dein Gedicht gelesen. Ich finde es genial. Das Beste, was ich je gelesen habe.

Sie zitierte einige Zeilen. Nicht so, wie sie im Gedicht standen, sondern so, wie sie sie im Gedächtnis hatte.

Beidbeinig nach vorne springen
Beidbeinig zurück springen
Über Lebensmöglichkeiten nachdenken

Kittys Augenlider zuckten, und Nina wusste, dass sie das Gedicht völlig falsch verstanden und falsch in Erinnerung hatte. Und dann forderte sie Kitty auf, ihre Zunge herauszustrecken, aber Kitty sprach jiddisch mit ihr, oder vielleicht war es deutsch, und sie sagte: »Steh auf!«, und davon wurde Nina wach.

Geld ist hart

Seine Hände glitten um ihren Hals und lösten die weiße Satinschleife ihres Federcapes. Das Himmelbett glich mit seinen schweren, goldenen Vorhängen einer Höhle. Sie hörte die Alarmanlage eines Autos losgehen, während auf dem Fensterbrett weiße Möwen kreischten und ihr Blick starr auf die Tapete gerichtet war. Die weißen Federn ihres Capes waren über das Bettlaken verstreut, als wäre ein Fuchs darüber hergefallen. Sie hatte es auf einem Flohmarkt in Athen gekauft, aber bisher noch nie getragen. Der Schwan war ein Symbol für das im Herbst sterbende Jahr, das hatte sie irgendwo gelesen. Es war ihr im Gedächtnis haften geblieben und hatte sie daran denken lassen, wie Schwäne den Kopf ins Wasser stecken und ihr Hinterteil in die Luft recken. Sie hatte sich das Cape für irgendetwas aufgehoben, vielleicht für das hier; es war schwer zu sagen, was in ihrem Kopf vorgegangen war, als sie gegen Geld die Federn erworben hatte, die einst einen Wasservogel vor Kälte geschützt hatten und zum Teil auch aus Federkielen bestanden, die früher als Schreibgeräte gedient hatten. Er war jetzt in ihr, aber das war er sowieso, das war es ja, was sie ihm nicht sagen konnte, aber sie hatte es ihm in ihrem Gedicht gesagt, das er nicht gelesen hatte, und jetzt war die Alarmanlage verstummt, und sie hörte Stimmen vor dem Fenster. Offenbar war ein Dieb in ein Auto eingebrochen, denn jemand kehrte Glasscherben zusammen. Nach einer Weile ließ er ihr ein Bad ein.

Sie gingen die Treppe hinunter zur Rezeption, und sie stand unter den blendenden österreichischen Kristallen des Kronleuchters, während Joe mit seinem Füller etwas unterschrieb. Der Italiener an der Rezeption gab ihm seine Kreditkarte zurück, und der Portier hielt ihnen die Glastür auf. Alles war wie vorher, nur ein klein wenig anders. In der Bar, die sie vor zwei Stunden verlassen hatten, spielte der Pianist immer noch »Eleanor Rigby«, nur dass er jetzt dazu sang. In den Palmen, die entlang der zweispurigen Straße gepflanzt waren, leuchteten goldene Lichterketten. Kitty klimperte mit dem Autoschlüssel und bat Joe, kurz zu warten, sie wolle sich am Süßigkeitenstand auf der Promenade eine Zuckerschaummaus kaufen. Die Mäuse waren auf einem Silbertablett aufgereiht. Pinkfarbene, weiße, gelbe, blaue. Sie drängte sich vor eine Vietnamesin, die Mäusespeck mit Erdbeergeschmack kaufen wollte, und nahm die winzigen Schwänze in Augenschein, die aus einem Stück Schnur bestanden. Schließlich entschied sie sich für eine blaue Maus und ließ die Autoschlüssel fallen, als sie in ihrer Tasche nach Münzen kramte. Als sie am Auto waren, sagte sie, sie habe Hunger. Zu ihrer beider Leidwesen war ihr Stottern wieder da. Ob es ihm etwas ausmache, wenn sie irgendwo unterwegs eine Pah Pah Pah? Natürlich, sagte er, ich hätte auch Lust auf eine Pizza, und sie suchten sich ein Restaurant, in dem man in der warmen Nacht draußen sitzen konnte, neben einer Kirche. Es war das erste Mal, dass er sie etwas essen sah. Sie verschlang die dünne Pizza mit Sardellen regelrecht, und er bestellte ihr noch eine mit Kapern, und sie tranken Rotwein, als wären sie tatsächlich das Liebespaar, das sie nicht sein durften. Sie spielte mit den Teelichten auf dem Tisch und machte Wachsabdrücke ihrer Fingerkuppen, und als er sie bat, ihm einen zu geben, auf dass er ihn für immer aufhebe, da sagte sie, ihre Fingerabdrücke seien ohnehin auf seinem ganzen Körper. Und dann erzählte sie ihm von der Klinik in Kent und wie die Krankenschwestern aus Odessa in der Mittagspause ihre Knutschflecke verglichen hätten. Auch darüber hatte sie geschrieben, aber sie bat ihn nicht, es zu lesen – sie erzählte ihm lediglich, dass sie es in ihrem ersten Gedichtband veröffentlichen werde. Er tat ihr Salat auf und löffelte Artischocken auf ihren Teller und sah zu, wie ihre langen Finger das Öl mit Baguette auftunkten. Sie stießen an, und sie erzählte ihm, als sie nach der Schocktherapie völlig mitgenommen auf den weißen Laken gelegen habe, da habe sie gewusst, dass die englischen Ärzte die Gedanken in ihrem Kopf nicht ausgelöscht hatten etc., aber das kenne er ja alles, und warum jetzt damit anfangen, wo die Nacht in den Gassen des alten Nizza so schön weich sei, anders als der Tag, der hart sei und nach Geld rieche. Er nickte zu alledem, und obwohl er keine Fragen stellte, wusste er, dass sie im Grunde von ihrem Gedicht sprachen. Zwei Stunden später, als sie die Gebirgsstraße schon zur Hälfte hinaufgefahren waren und Kitty Finch sich über das Lenkrad beugte, während sie den Wagen um gefährliche Kurven lenkte, warf er einen Blick auf seine Armbanduhr. Sie war eine gute Fahrerin. Er bewunderte ihre starken Hände mit den wächsernen Fingerspitzen auf dem Lenkrad, während sie das Auto um die Spitzkehren steuerte. Kitty hupte, weil ein Kaninchen über die Fahrbahn lief, und das Auto scherte aus.

Sie bat ihn, sein Fenster zu öffnen, damit sie hören könne, wie die Tiere in der Dunkelheit einander riefen. Er kurbelte das Fenster herunter und forderte sie auf, sich auf die Straße zu konzentrieren. »Ja«, sagte sie noch einmal, den Blick jetzt wieder auf die Straße gerichtet. Sie beugte sich über das Lenkrad, und das Seidenkleid rutschte ihr von den Schultern. Er musste sie um etwas bitten. Es war eine heikle Bitte, und er hoffte, sie würde verstehen.

»Es wäre besser für Isabel, wenn sie nichts davon erführe, was heute Nacht geschehen ist.«

Kitty lachte, und die blaue Maus hüpfte in ihrem Schoß.

»Isabel weiß es bereits.«

»Weiß was bereits?« Er sagte, ihm sei schwindlig. Ob sie ein wenig langsamer fahren könne?

»Deshalb hat sie mir angeboten zu bleiben. Sie will dich verlassen.«

Sie fuhr ihm zu schnell. In seinem Kopf drehte sich alles, und obwohl er wusste, dass er auf dem Beifahrersitz eines Mietwagens saß, hatte er das Gefühl zu fallen. Konnte es sein, dass Isabel den Anfang vom Ende ihrer Ehe eingeläutet und Kitty Finch angeboten hatte zu bleiben, damit sie sein letzter Seitensprung wurde? Er wagte nicht, zu den Wasserfällen hinabzuschauen, die gegen die Felsen tosten, oder zu den entwurzelten Büschen, die sich an die Berghänge klammerten.

Er hörte sich fragen: »Warum packst du nicht deinen

Rucksack und schaust dir die Mohnfelder in Pakistan an, so wie du es dir immer gewünscht hast?«

»Ja«, sagte sie. »Kommst du mit?«

Er nahm den Arm von ihren Schultern und starrte auf die Wörter, die sie ihm auf die Hand geschrieben hatte. Er war jetzt gebrandmarkt wie ein Rind, dessen Brandzeichen anzeigt, wem es gehört. Die kalte Bergluft brannte auf seinen Lippen. Sie fuhr zu schnell für diese Straße, die einst ein Wald gewesen war. Urzeitliche Menschen hatten darin gelebt. Sie erforschten das Feuer und die Bewegung der Sonne. Sie deuteten die Wolken und den Mond und versuchten den menschlichen Geist zu verstehen. Als er fünf Jahre alt war, hatte sein Vater gewollt, dass er sich ganz in einem polnischen Wald auflöste. Er wusste, dass er keinerlei Spuren seiner Existenz hinterlassen durfte, denn er durfte unter keinen Umständen heimfinden. Das hatte sein Vater zu ihm gesagt. Du darfst nie wieder heimkommen. Das war völlig unbegreiflich, und doch hatte er es irgendwie begreifen müssen.

»Warum hast du es nicht gelesen, mein Gah Gah Gah?«

»Liebste«, hörte sie ihn sagen, während ihr weißer Schuh auf das Bremspedal trat. Das Auto schlingerte auf den Abgrund zu. Er sagte es mit ganz zärtlicher Stimme: »Liebste.« Seine Stimme klang irgendwie verändert. Ihr schwirrte der Kopf, als hätte sie fünfzehn Espressi hintereinander in sich hineingeschüttet. Und dann zwölf Zuckerstücke gegessen. Sie stellte den Motor ab, zog die Handbremse an und lehnte sich zurück. Endlich. Endlich redete er mit ihr.

»Es ist unaufrichtig, mir ein Gedicht zu geben und so

zu tun, als wolltest du meine Meinung dazu hören, wenn du eigentlich auf der Suche nach Gründen bist weiterzuleben. Oder nach Gründen, nicht zu sterben.«

»Du suchst doch auch nach Gründen weiterzuleben.«

Er beugte sich vor und küsste ihre Augen. Zuerst das linke und dann das rechte, als wäre sie bereits eine Leiche.

»Ich bin nicht der richtige Leser für dein Gedicht. Das weißt du.«

Sie dachte darüber nach und lutschte dabei an ihrer blauen Maus.

»Das Sterben an sich ist nicht der Punkt. Worauf es ankommt, ist die Entscheidung für den Tod.«

Er holte sein Taschentuch hervor, um seine Augen dahinter zu verstecken. Er hatte sich geschworen, die Angst, die Wertlosigkeit und die Panik in seinen Augen niemals seiner Frau und seiner Tochter zu zeigen. Er liebte sie, seine Frau und seine Tochter mit ihren dunklen Haaren, er liebte sie und er könnte ihnen niemals erzählen, was ihn schon seit so langer Zeit beschäftigte. Der Strom der unerwünschten Tränen wollte nicht abreißen, so wie er im Obstgarten der leidenden Bäume und der unsichtbaren, knurrenden Hunde auch bei Kitty Finch nicht abgerissen war. Er musste sich dafür entschuldigen, dass er sein Begehren nicht erstickt, dass er nicht bis zum Schluss dagegen angekämpft hatte.

»Es tut mir leid, was im Negresco passiert ist.«

»Was ist im Negresco passiert, das dir leidtut?«

Ihre Stimme klang sanft, selbstsicher und vernünftig.

»Ich weiß, wie gern du Seide magst. Also habe ich ein Seidenkleid angezogen.«

Er spürte ihre Finger auf seiner nassen Wange und roch sein Parfum in ihrem Haar. So intim mit ihr zu sein hatte ihn an den Rand einer gefährlichen Wahrheit geführt. An den Rand all der Brücken, auf denen er in den Städten Europas schon gestanden hatte. Über der Themse, die den Süden Englands ostwärts durchquerte und in die Nordsee floss. Über der Donau, die im Schwarzwald entsprang und ins Schwarze Meer mündete. Über dem Rhein, der sich in die Nordsee ergoss. Der Sex mit ihr hatte ihn an den Rand des gelben Strichs auf Bahnsteigen und U-Bahnsteigen geführt, auf denen er gestanden und mit dem Gedanken gespielt hatte. Paddington. South Kensington. Waterloo. Einmal in der Pariser Metro. Zweimal in Berlin. Der Tod war seit Langem sein Begleiter gewesen. Der Gedanke, sich in einen Fluss zu stürzen oder vor einen Zug zu werfen, währte nur zwei Sekunden, ein Zittern, ein Zucken, ein Blinzeln und einen Schritt nach vorne, aber, bis jetzt, immer auch einen Schritt zurück. Zurück zu zwei Bieren zum Preis von einem, zurück zum Braten eines Hähnchens für Nina, zurück zu Tee, Yorkshire oder Tetley's, niemals Earl Grey, zurück zu Isabel, die immer anderswo war.

Er war der falsche Adressat für die Frage, ob sie weiterleben oder sterben sollte, weil er selbst kaum noch da war. Er fragte sich, welche Abgründe in Kitty Finch schlummern mochten. Sie sagte, sie habe vergessen, woran sie sich erinnern könne. Er wollte dichtmachen wie der Laden von Mitchell und Laura in Euston. Alles Offene musste geschlossen werden. Seine Augen. Sein Mund. Seine Nasenlöcher. Seine Ohren, die noch immer hören konnten. Er erzählte Kitty Finch, dass er ihr Gedicht gelesen habe und dass es ihm seitdem nicht mehr aus dem Sinn gegangen sei. Sie sei eine unglaublich wortgewaltige Schriftstellerin, und mehr als alles andere hoffe er, dass sie in die Tat umsetzen werde, was sie sich vorgenommen habe. Sie müsse zur Chinesischen Mauer reisen, die Lebendigkeit und Traumhaftigkeit Indiens erfahren und dürfe auch die geheimnisvoll leuchtenden Seen ihrer Heimat in Cumbria nicht vergessen. Sie habe noch so viel vor sich.

***

Es wurde dunkel, und sie sagte ihm, die Bremsen des Mietwagens seien im Arsch, und sie sehe nichts, sie sehe nicht einmal ihre Hände.

Er sagte, sie solle sich auf die Straße konzentrieren, auf nichts anderes, und während er sprach, küsste sie ihn und steuerte gleichzeitig den Wagen.

»Ich weiß, was du denkst. Das Leben ist nur lebenswert, weil wir hoffen, dass es irgendwann besser wird und dass wir am Ende alle wohlbehalten heimkehren. Aber du hast es versucht, und du bist nicht wohlbehalten heimgekehrt. Du hast überhaupt nicht heimgefunden. Deshalb bin ich hier, Jozef. Ich bin nach Frankreich gekommen, um dich von deinen Gedanken zu erlösen.«

Samstag

Nina Ekaterina

Als Nina am Samstag im Morgengrauen aufwachte, wusste sie sofort, dass nichts wie vorher war. Die Türen zu ihrem Balkon standen weit offen, als sei in der Nacht jemand da gewesen. Als sie auf ihrem Kissen ein gelbes zusammengerolltes Blatt Papier sah, wusste sie, dass es klüger wäre, weiterzuschlafen und sich den ganzen Tag zu verstecken. Die Wörter auf dem gelben Blatt waren mit zittriger Handschrift geschrieben von jemandem, der es eilig hatte und der offenbar gerne Dinge aufschrieb. Sie las die Zeilen zu Ende und schlich sich dann hinunter zur Terrassentür, durch die man zum Pool gelangte. Wie erwartet, standen die beiden Flügel bereits offen. Sie wusste, welcher Anblick sie erwartete.

Im Pool schwamm etwas, und das überraschte sie nicht. Auf den zweiten Blick sah sie, dass Kittys Körper nicht auf der Wasseroberfläche schwamm, sondern senkrecht unter Wasser trieb. Sie war in einen karierten Bademantel gehüllt, doch der Bademantel war ihr von den Schultern gerutscht. Die gelbe Luftmatratze stieß gegen den Beckenrand und trieb auf den Körper zu. Sie hörte, wie sie etwas rief.

»Kitty?«

Der Kopf war knapp unter der Wasseroberfläche, in den Nacken gelegt, der Mund offen. Und dann sah sie die Augen. Die Augen waren glasig und geöffnet und nicht Kittys Augen.

»Dad?«

Ihr Vater antwortete nicht. Sie dachte, er mache Spaß. Gleich würde er auftauchen und sie anbrüllen.

»Dad?«

Sein Körper war so groß und still. Der ganze Lärm, der ihren Vater ausmachte, all die Worte und all das Geplapper, war aus ihm herausgeströmt und hatte sich im Wasser aufgelöst. Sie wusste nur noch, dass sie schrie, und dann hörte sie plötzlich Türen schlagen, und ihre Mutter war in den Pool gesprungen. Mitchell sprang hinterher. Gemeinsam bugsierten sie den Körper um die Luftmatratze herum und versuchten nach Kräften, ihn aus dem Pool zu ziehen. Nina hörte, wie ihre Mutter Laura etwas zurief. Sie sah, wie Mitchell den Körper auf die Pflastersteine legte und rhythmisch seine Hände auf den Brustkorb presste. Sie hörte, wie das Wasser platschte, als ihre Mutter den Bademantel aus dem Pool hievte. Sie verstand nicht, warum er so schwer war, doch dann sah sie ihre Mutter etwas aus den Taschen hervorholen. Es war ein Kieselstein, so groß wie ihre Hand, und er hatte ein Loch in der Mitte. Nina sah, wie sie mit Mühe drei weitere der Kieselsteine herauszog, die sie mit Kitty am Strand gesammelt hatte, und sie dachte, es sei schon später und über dem Pool gehe bereits die Sonne auf, denn das Wasser hatte sich verfärbt. Sie fröstelte und suchte den Himmel nach der Sonne ab, aber sie war nicht da.

Mitchell steckte ihrem Vater seine Finger in den Mund. Und dann hielt er ihm die Nase zu. Mitchell keuchte, ja er küsste ihren Vater immer und immer wieder.

»Ich weiß nicht. Ich weiß nicht.«

Laura rannte in die Villa und rief irgendwas von einem Infoblatt. Wo war Jürgen? Alle riefen nach Jürgen. Nina spürte, dass jemand sie am Kopf berührte. Kitty Finch strich ihr übers Haar. Und dann schob Kitty sie durch die Terrassentüren und sagte, sie solle sich aufs Sofa setzen, während sie Laura helfe, das Infoblatt zu suchen. In den nächsten fünf Minuten hörte sie nichts anderes. Wo ist das Infoblatt? Hat irgendjemand das Infoblatt gesehen? Obwohl Nina immer noch nicht so recht wusste, wer von beiden lebte oder tot war, ihr Vater oder Kitty, setzte sie sich folgsam aufs Sofa und starrte die Picasso-Drucke an den Wänden an. Ein Fischskelett. Eine blaue Vase. Eine Zitrone. Erst als sie Laura rufen hörte: »Es ist gelb. Das Infoblatt ist ein gelbes Blatt Papier«, fiel ihr auf, dass sie ein gelbes Stück Papier in der Hand hatte, und sie winkte Laura damit zu. Laura schaute sie verdutzt an, riss es ihr dann aus der Hand und rannte zum Telefon. Nina sah, wie sie die Augen zusammenkniff.

»Ich weiß nicht, Kitty. Ich weiß nicht, welche ich anrufen soll.«

Kittys Stimme klang unbeteiligt und tonlos.

»Das Krankenhaus ist in Grasse, im Chemin de Clavary.«

Es fing an zu regnen. Nina hörte sich schluchzen. Sie stand neben sich und sah sich neben den Glastüren stehen.

Der Krankenwagen und die Polizei trafen ein. Madeleine Sheridan war ebenfalls da. Sie schrie Mitchell an: »Neigen Sie seinen Kopf nach hinten, halten Sie ihm die Nase zu!«, und Nina sah, wie sie ihrem Vater die Finger in den Hals presste, um seinen Puls zu ertasten.

»Bringen Sie ihn nicht in die stabile Seitenlage, Mitchell. Ich glaube, er hat eine Rückgratverletzung.«

Und dann hörte sie die alte Frau aufschreien: »Da ist …«

Nina begann im Regen zu schluchzen, weil sie immer noch nicht so genau verstand, was passiert war. Als sie zu ihrer Mutter lief, hörte sie, wie laut sie weinen konnte. Es klang ein wenig wie Lachen, aber sie lachte nicht. Ihr Mund war aufgerissen, und sie spürte, wie ihr Zwerchfell leise zuckte. Sie hatte das Gesicht verzogen, und je heftiger sie weinte, desto mehr verzog sie es. Sie spürte, wie ihre Mutter sie in den Arm nahm und ihren Nacken streichelte. Ihre Mutter trug ein Nachthemd, es war nass und kalt, und sie roch nach teuren Cremes. Als Kind hatte sie manchmal ein makaberes Spiel gespielt, bei dem sie sich entscheiden musste, ob es ihr lieber wäre, wenn ihr Vater stürbe oder ihre Mutter. Mit diesem Spiel hatte sie sich selbst gequält, und jetzt vergrub sie das Gesicht im Bauch ihrer Mutter, weil sie wusste, dass sie sie verraten hatte.

Er war so weich an ihrer Wange, dass sie nur noch mehr weinen musste, und sie hatte das Gefühl, ihre Mutter könne ihre Gedanken lesen, denn sie flüsterte ihr etwas ins Ohr, kaum hörbare Worte, wie ein Blatt, das im Herbstwind raschelt: »Schon gut, schon gut.«

Ihr Vater wurde auf eine Trage gelegt. Die Polizei ließ das Wasser aus dem Swimmingpool ab. Jürgen war mittlerweile auch da. Er hatte einen Besen in der Hand und kehrte energisch um die Blumentöpfe herum. Er hatte es sogar fertiggebracht, eine blaue Latzhose anzuziehen, in der er wie ein Hausmeister aussah.

Die Nachricht

Isabel ging zu den Sanitätern und nahm Jozefs Hand. Zuerst dachte sie, eine Reihe Ameisen krabble in soldatischer Ordnung auf seine Knöchel zu. Und dann sah sie die ineinander verlaufenden Vokale und Konsonanten aus schwarzer Tinte.

E
S

R
E
G
N
E
T

Ganz in der Nähe summten Bienen, und sie hörte sich darauf beharren, dass ihr Mann einen Rettungshubschrauber brauche, aber die meiste Zeit sagte sie einfach nur seinen Namen.

Jozef. Bitte, Jozef. Jozef. Jozef, bitte.

Warum hatte er sich das so tief in die Hand geritzt? Wo hatte er es getan, und wie hatte er es ausgehalten, und was hatte es zu bedeuten? Sie drückte seine Finger und bat ihn, sich zu erklären. Im Gegenzug, versprach sie, werde auch sie sich erklären. Und zwar jetzt gleich. Sie erzählte ihm, sie hätte sich so gewünscht, seine Liebe zu spüren wie Regen auf der Haut. Das war der Regen, nach dem sie sich in ihrer langen, unkonventionellen Ehe am meisten gesehnt habe. Die Sanitäter sagten, sie solle aus dem Weg gehen, aber sie rührte sich nicht von der Stelle, denn sie war ihm viel zu oft aus dem Weg gegangen. Ihn zu lieben war das größte Wagnis ihres Lebens gewesen. Das Unaussprechliche, die Gefahr lauerte in all seinen Worten. Sie hatte das von Anfang an gewusst. Sie hatte es immer gewusst. Er hatte auf den Straßen und Pfaden all seiner Bücher nicht explodierte Minen und Granaten vergraben, unter jedem einzelnen Gedicht, aber wenn er jetzt starb, würde die Welt für ihre Tochter nie wieder heil sein, und sie war so wütend, wie ein Mensch nur sein konnte.

Jozef. Bitte, Jozef. Jozef. Jozef. Bitte.

Plötzlich merkte sie, dass jemand sie wegschob und dass der Geruch von Blut in der Luft lag.

Ein hochgewachsener Mann mit kahl rasiertem Kopf und einem Revolver am Gürtel stellte ihr Fragen. Auf keine seiner Fragen wusste sie eine eindeutige Antwort. Wie lautete der Name ihres Mannes?

Jozef Nowogrodzki in seinem Pass, Joe Harold Jacobs auf allen anderen Dokumenten. Tatsächlich war sie sich ziemlich sicher, dass Nowogrodzki nicht sein wirklicher Name war, aber diesen Namen hatten seine Eltern jedenfalls in seinen Pass geschrieben. Von den vielen anderen Namen ihres Mannes fing sie gar nicht erst an: JHJ, Joe, Jozef, der berühmte Dichter, der britische Dichter, der Dichterarsch, der jüdische Dichter, der atheistische Dichter, der modernistische Dichter, der Post-Holocaust-Dichter, der untreue Dichter. Und wo wurde Monsieur Nowogrodzki geboren? In Polen. Łódź. 1937. Auf Englisch wurde Łódź »Wodsch« ausgesprochen, aber sie hatte keine Ahnung, wie es auf Französisch hieß. Die Namen seiner Eltern? Sie wusste nicht genau, wie man sie schreibt. Ob er Geschwister habe? Ja. Nein. Er hatte eine Schwester. Sie hieß Friga.

Der Kommissar blickte ziemlich ratlos drein. Isabel machte, was sie am besten konnte.

Sie fasste die Nachrichtenlage zusammen, nur dass die Nachrichten nicht mehr ganz aktuell waren. Ihr Mann war fünf Jahre alt, als er 1942, halb verhungert und mit gefälschten Papieren, nach Großbritannien geschleust wurde. Drei Tage nach seiner Ankunft wurden seine Mutter, sein Vater und seine zwei Jahre alte Schwester in das Vernichtungslager Chełmno im Westen Polens deportiert. Der Kommissar, der nicht sehr gut Englisch sprach, hob die Hand, als wolle er auf einer viel befahrenen Straße den Verkehr anhalten. Es sei sehr bedauerlich, sagte er zur Frau des jüdischen Dichters, dass die Deutschen 1939 Polen besetzt hätten, aber er müsse sie darauf hinweisen, dass es hier um einen Mordfall in den französischen Seealpen im Jahr 1994 gehe. Ob sie ihm zustimme, dass Monsieur Nowogrodzki, oder war es Monsieur Jacobs, seiner Tochter eine letzte Nachricht hinterlassen habe? Oder war es ein Gedicht? Oder ein Beweisstück? Was es auch war, adressiert war es an Nina Ekaterina. Er steckte das gelbe Infoblatt in eine Plastikhülle. Auf der einen Seite standen Anweisungen zur Bedienung des Geschirrspülers. Auf der anderen Seite befanden sich fünf mit schwarzer Tinte geschriebene Zeilen. Dabei handelte es sich offenbar um Anweisungen für seine Tochter.

Es war noch nicht einmal sechs Uhr, und doch hatte sich die Nachricht schon im ganzen Dorf herumgesprochen. Claude kam mit einer Tüte Brot an, doch Mitchell, der zur Abwechslung mal keinen Happen hinuntergebracht hätte und in dessen Augen noch das Chlor aus dem trüben Wasser brannte, schickte ihn weg. Die Sanitäter riefen sich gegenseitig Anweisungen zu, und Isabel sagte Nina, sie werde im Krankenwagen mitfahren. Sie würden ihrem Vater durch die Nase Schläuche einführen und auf dem Weg ins Krankenhaus seinen Magen auspumpen. Der Krankenwagen machte sich auf den Weg, die Gebirgsstraße hinunter. Nina ließ sich von Claude zum Haus von Madeleine Sheridan führen, das Maison Rose hieß, obwohl es blau gestrichen war. Unterwegs sah sie Jürgen, der seine Arme um Kitty Finch gelegt hatte, und als Mitchell rief: »Verpiss dich und lass dich nie wieder blicken«, hörten alle, was Kitty darauf sagte. Sie flüsterte nur, aber sie hätte ebenso gut schreien können, denn sie sagte, was ohnehin alle wussten.

»Er hat sich mit einer deiner Pistolen erschossen, Mitchell.«

Mitchells massiger Körper lag zusammengekrümmt am Boden. Etwas geschah mit seinen Augen, seinen Nasenlöchern und seinem Mund. Aus den Löchern in seinem Gesicht strömten Tränen und Rotz und Speichel. Ohne dass ein Schuss gefallen wäre, hatte sein Gesicht fünf Löcher. Löcher zum Atmen, Sehen, Essen. Alle schauten zu ihm hin, aber er selbst sah alles nur verschwommen. Sie waren ein Mob voller Löcher, genau wie er. Wie sollte er sich vor dem Mob schützen, wenn alle mit dem Finger auf ihn zeigten? Er würde der Polizei die Wahrheit sagen. Als die persische Pistole mit dem Ebenholzschaft verschwunden war, hatte er gedacht, das verrückte Mädchen habe sie gestohlen, um ihn dafür zu bestrafen, dass er Tiere jagte. Das Telefon klingelte, und dann hörte es auf zu klingeln, und er hörte Laura heulen. Seine Muskeln schmerzten vom Heraushieven des Körpers aus dem Wasser. Er war so schwer gewesen. So schwer wie ein Bär.

Nina Jacobs

London, 2011

Jedes Mal, wenn ich meinen Traum aus dem 20. Jahrhundert träume, über meinen Vater, vergesse ich beim Aufwachen sofort meine Passwörter für EasyJet und Amazon. Es ist, als wären sie aus meinem Kopf in seinen verschwunden, und irgendwo im 21. Jahrhundert sitzt er neben mir im Bus, während wir über die London Bridge fahren und den Regen auf den Kamin der Tate Modern fallen sehen. Die Gespräche, die ich mit ihm führe, haben in diesem Jahrhundert eigentlich nichts verloren, aber ich frage ihn trotzdem, warum er mir nie so richtig von seiner Kindheit erzählt hat. Er hoffe, antwortet er, dass meine Kindheit halbwegs erträglich gewesen sei und ob ich mich an die Kätzchen erinnere.

Unsere Familienkätzchen (Agnieszka und Alicja) rochen immer ein bisschen wild, und als Kind war es für mich das Höchste, sie mit der Haarbürste meines Vaters zu striegeln. Ich hatte sie auf dem Schoß und bürstete ihnen das Fell aus, und sie schnurrten dazu und tätschelten mir mit ihren weichen Pfoten die Hand. Wenn ich in die Nähe ihres Hinterteils kam, war das Fell ganz verklebt und verheddert, weil sie noch zu jung waren, sich sauber zu lecken. Manchmal habe ich die Fellknäuel auf dem

Sofa liegen lassen, und mein Vater hat so getan, als würde er sie verschlucken. Er machte dann den Mund ganz weit auf und tat, als habe er einen hinuntergewürgt und er sei ihm im Halse stecken geblieben, sodass er keine Luft mehr bekomme. Mein Vater hat sein ganzes Leben damit zugebracht, sich zu fragen, warum Menschen Frösche im Hals, Schmetterlinge im Bauch, Stecknadeln im Hintern, einen Dorn im Auge oder eine Schraube locker haben, und wenn sie Fellknäuel gehustet hätten, hätte er sich garantiert auch damit beschäftigt.

Nein, widerspricht er, die Fellknäuel hätten mich nicht interessiert.

Wir einigen uns darauf, dass er und ich gelernt hatten, halbwegs miteinander auszukommen. Er wusch meine Unterhemden, Strumpfhosen und T-Shirts, nähte die Knöpfe meiner Strickjacken wieder an, suchte nach meinen verschollenen Socken und trichterte mir ein, ich solle niemals vor Menschen Angst haben, die im Bus Selbstgespräche führen.

Ja, sagt mein Vater. Und jetzt tust du genau das.

Nein, antworte ich, tu ich nicht. Ich sage nicht laut, was ich denke. Das wäre verrückt. Keiner in diesem Bus hört, was ich zu dir sage.

Mag sein, sagt er, aber es würde auch keinen Unterschied machen, weil alle laut telefonieren.

Das Strandtuch, das er mir in Nizza in einem Souvenirladen gekauft hat, hab ich immer noch. Über den endlos blauen Himmel segelt die sonnengelbe Aufschrift *Côte d'Azur Nice Baie des Anges*. Kleine schwarze Punkte deuten die Touristen auf dem Strand an, unmittelbar dahinter eine von Palmen gesäumte Straße. Rechts die rosafarbene Kuppel des Hotel Negresco, auf der eine französische Flagge in den handtuchblauen Himmel flattert. Das Einzige, was fehlt, ist Kitty Finch, die mit ihren kupferfarbenen, hüftlangen Locken darauf wartet, dass mein Vater ihr Gedicht liest. Da sie nach einem Vogel benannt war, könnte es sein, dass sie einen merkwürdigen Ruf, vielleicht einen Hilferuf, an meinen Vater gerichtet hat, aber ich kann nicht an sie denken oder an die Kieselsteine, die wir gemeinsam gesammelt haben, ohne den Wunsch zu verspüren, durch ihre Löcher aus der Welt zu fallen. Also denke ich lieber an meinen Vater, wie er, vorbei an Denkmälern und Statuen, durch die fünftgrößte Stadt Frankreichs läuft, um meiner Mutter ein Stück Honigwabe zu kaufen. Man schreibt das Jahr 1994, aber mein Vater (der kein Telefon in der Hand hat, sondern ein Eis) ist in ein Selbstgespräch vertieft, und wahrscheinlich geht es um etwas Trauriges und Ernstes, das mit der Vergangenheit zu tun hat. Ich habe nie so richtig begriffen, wann die Vergangenheit anfängt und wo sie aufhört, und auch wenn Städte die Vergangenheit in Form von Statuen festschreiben, die für immer in einer einzigen, würdevollen Pose erstarrt sind – so sehr ich mich anstrenge, die Vergangenheit dazu zu bewegen, stillzuhalten und sich anständig zu benehmen: Sie regt sich doch und begleitet mich durch jeden einzelnen Tag.

Wenn ich das nächste Mal mit dem Bus über die London Bridge fahre und der Regen auf den Kamin der Tate Modern fällt, muss ich meinem Vater erzählen, dass ich Biografien berühmter Leute immer erst dann interessant finde, wenn ich lese, wie sie ihrer Familie den Rücken kehren und den Rest ihres Lebens damit zubringen, über sie hinwegzukommen. Deshalb weiß meine Tochter, dass ich es gut meine, wenn ich ihr einen Gutenachtkuss gebe und »Träum was Schönes!« sage; wie alle Kinder weiß sie jedoch auch, dass unsere Eltern unmöglich vorgeben können, wie unsere Träume auszusehen haben. Kinder wissen, dass sie sich selbst aus dem Leben heraus und wieder ins Leben hinein träumen müssen, denn am Ende muss das Leben immer die Oberhand behalten. Trotzdem sage ich es jedes Mal.

Ich sage es jeden Abend, vor allem wenn es regnet.

Deborah Levy

Deborah Levy, geboren 1959 in Südafrika, ist Romanautorin, Dramatikerin und Lyrikerin. 1968 emigrierte ihre Familie nach Großbritannien. Levy besuchte bis 1981 das Dartington College of Arts und begann, Theaterstücke zu schreiben. In Cardiff leitete sie die Manact Theatre Company. Sie verfasste neben einer großen Anzahl von Theaterstücken und Beiträgen für Radio und Fernsehen Erzählungen und Romane. Ihre Stücke werden u. a. von der Royal Shakespeare Company aufgeführt. Ihre Romane *Heim schwimmen*, *Heiße Milch* und *Der Mann, der alles sah* waren für den Booker Prize nominiert. Levy lebt und arbeitet in London und Paris.